# ソフトボーイ

関口 尚



ポプラ文庫

本書は、書き下ろしです。

# ソフトボーイ

関口 尚

illustration Masaru Anzai

ポプラ文庫

# 1

学校で調理実習の準備をしていると、幼なじみの野口《のぐち》が一枚の紙を手に実習室に飛び込んできた。なぜか満面の笑みでこちらに歩いてくる。いやな予感がした。野口とは小学校から高校までずっといっしょだ。うちの高校は調理に服飾、それから福祉に保育といった学科を学べるのだけれど、あいつとは学科までいっしょでともに調理を学んでいる。

これだけ長くいっしょにいると、あいつがどんな人間なのかもよくわかっている。ひと言で言えばとんちんかん。言うことやることみんなどこかおかしい。おかしいと気づいたのは小学校一年生のときだ。野口はクラスメイトを前にして、いきなりこう宣言した。あれは節分の日で豆まき大会のあとのことだった。

「鼻と耳に詰めた豆を、口から吸った息で飛ばしてみせるばい!」

野口は両耳と鼻のふたつの穴に豆を詰め込んだ。大きく息を吸って鼻のふたつの豆を飛ばしてみせた。ところが耳の豆が飛ばない。それどころか指でも取れなくなって、先生に耳鼻科に連れていかれた。クラスのみんなは大爆笑だったが、あいつは先生に大目玉を食らっていた。

とんちんかんなことはほかにもたくさんやった。給食の夏みかんを丸々口に入れて窒息しかかった。両手両足を縄跳びで縛ってプールに飛び込み、脱出してみせると言っていたのに溺《おぼ》れた。理科の実験中、ピンセットをコンセントの穴に差し込んで感電した。

野口はなんでも一度はやってみないと気がすまないらしい。思いついたらもう止まらない。それがあいつが自分でトライしてひとり痛い目を見るだけなら問題ない。けれども、あいつはほかの人間を巻き込もうとする。特に、幼なじみであるこのぼくを。

「鬼塚《おにづか》、見つけたばい！」

野口は手にしている紙をひらひらさせながら叫んだ。

「なにを見つけたっていうんだよ」

「全国大会ぞ！」

「全国大会？　ちょっと待てよ。なに言ってるか全然わかんないんだけど」

冷たい目で遠ざける。けれども、それくらいで怯む野口じゃない。腕組みをして、偉そうに言った。

「ソフトボールばい。ソフトボールで全国大会ばい！」

ひらひらさせていた紙を手渡される。「全国高校男子ソフトボール大会」と見出しのついた記事だった。インターネットで見つけてプリントアウトしてきたらしい。

「おれらもソフトボールやって全国大会に行くばい」

「は？　ソフトボールってあのソフトボール？　大きいボールを下から投げるやつ？」

「そう。そのソフトボールばい」

「遠慮しておくよ」

ソフトボールの記事を突き返して、再び調理実習の準備に取りかかる。なんでぼくがソフトボールなんてやらなくちゃならないんだ。正直言って、ぼくは運動が得意じゃない。嫌いじゃないけれど運動神経に恵まれていない。

「なあ、鬼塚。おまえ佐賀南《さがみなみ》高校のやつら見たやろ？」

野口が訊いてくる。その質問でなぜこいつがソフトボールをやろうなんて言い出したのか、合点がいった。

昨日のことだ。佐賀南高校の野球部が凱旋《がいせん》パレードをやった。彼らは春の甲子園で優勝したのだ。パレードの様子はテレビのニュースで何度も流された。野口のやつ、あれを見て感化されたのだろう。

「見たけどさ……」

「甲子園優勝。いまじゃあいつらヒーローばい」

「で？」

「だけんおれもヒーローになる！」

ため息が出る。甲子園優勝は偉業だ。佐賀南高校の野球部は郷土の誇りだ。ぼくもテレビにかじりついて応援した。たしかに彼らはヒーローだ。

でも、それはぼくや野口が暮らす日常とは別次元の出来事だ。テレビの向こうで起きているドラマのようなものだ。それなのに、どうして野口は自分もヒーローになろうなんて思いつくのか。軽はずみにも、ほどがある。

「なんで自分もヒーローになんて思うんだよ。ただの調理科の生徒のくせに」

嫌味たっぷりに言ってやったが、野口は聞く耳を持っていなかった。腰に手を当てて胸を張る。

「おれも全国大会に出て、佐賀のヒーローになるばい」

佐賀のヒーローとはスケール大きいんだか小さいんだか、いまひとつわからない。ただ、全国大会とは大風呂敷を広げたものだ。すっかり火が点いてしまっている。ここはひとつ鎮火するために、諭してやらなくちゃいけない。

「なあ、野口。順序が違うと思わないか」

「順序?」

「普通はそのスポーツが好き。だから全国大会に出たい。その結果ヒーローになる。だけど野口が言ってるのはさ、ヒーローになるってのが先にあって全国大会に出ようとしているわけだろう」

野口は神妙な顔をしてぼくの話を聞いていたが、話し終わるやいなや強く拳を握って言った。

「順序なんてどうでもいいばい。まずは部員集めばい」

「おい……」

「行くぞ、鬼塚」

おもむろに野口はぼくの手を握ると、そのまま調理室を出た。いかん、野口の鼻息が荒い。またこいつに巻き込まれるのだろうか、ぼくは。

野口に最初に巻き込まれたのは、忘れもしない小学校三年生のときだった。野口がいきなり佐賀空港まで飛行機を見に行こうと言い出した。クラスの男子数名と日曜日に自転車で行く、という計画だった。

しかし、空港までぼくらが住む街から二十キロもあった。小学生には厳しい距離だ。それでも行きたいという野口のために、ぼくは地図で道を調べ、スケジュールを立て、クラスメイトに電話連絡し、と必死に働いた。言い出しっぺの野口がなにもしなかったために。

「ちょっと待てよ、野口」

ぼくは強引に手を振りほどいた。野口は怪訝《けげん》そうにぼくを見た。

「部員を集めるっていっても、当てはあるのかよ」

「当て？」

「メンバーの九人を集める当てはあるのかって訊いてんの」

「九人？　ソフトボールって九人でやるとね？」

めまいを覚える。本当にこいつってやつは。

「なあ、野口。おまえそんなことも知らないのに、ソフトボールやろうとしていたのかよ」

「九人か。ということはまずはふたりそろったとして、あと七人。なんか燃えてきたばい」

冷たく言ったというのに、野口が意気揚々と言う。

「ちょっと待て。まずはふたりって、おれはやるなんて言ってないぞ」

「照れるな、照れるな」

「馬鹿。照れて言ってるんじゃないよ。本当にやる気がないんだってば。だいいち、いまから人を集めているっていうのに、全国大会なんて出られるわけがないだろう」

「だけん、ソフトボールなんだよ」

なぜか野口が不敵に笑った。

「は？」

「なあ、鬼塚。おまえ、佐賀に男子ソフトボール部が、どいだけあると思う？」

「さあ」

「ゼロばい」

「ゼロ？」

「そう、ゼロ。一校もなかと。つまりソフトボールなら、なんもせんで全国大会に行けると。ちょろいもんやろ。なんもせんで全国大会ばい」

さっき「見つけたばい！」なんてはしゃいでやってきたのは、そういうことだったのか。簡単に全国大会に行けてヒーローになれる。そういう考えがあってソフトボールをやろうというわけか。

「あのさ……」と深くため息をついてから言ってやった。「学校に男子ソフトボール部の届けは出したのか？」

「え？」

「部の申請をしないと駄目だろ。たしか硬式テニス部だって同好会から部になるまで三年かかったって言うぞ」

野口の顔が青くなった。そこまで考えが回っていなかったらしい。

「ちょっと鬼塚、頼むばい」

再び野口はぼくの腕を握ると歩き出した。

「どうしたんだよ。どこに行くんだよ」

「職員室！」

「別におれが行く必要はないだろ」

必死に抗ったが野口は力が強い。ひょろっとした体格をしているのに、どうしてこうも力が強いのか。

「馬鹿。放せよ」

そう言っているうちに職員室に着いてしまった。

「失礼します！」

野口は高らかに言って職員室のドアを開けた。ぼくを突き飛ばすようにして中に入れる。先生たちの視線がぼくに集中する。ぼくはついつい愛想笑いでお辞儀をした。引くに引けなくなった。

なんでこうなるのかな、と思いながら教頭先生に頭を下げた。校長先生に部の創設を頼み込もうとしたのだが、教頭先生しかいなかったのだ。

「お願いします！」

野口が爽やかな声を出して、もう一度頭を下げる。

「ほら、おまえも」となぜか野口がぼくの後頭部を押して、頭を下げさせる。頭にきたから、深々と礼をしているふりをしつつ野口の足を踏んでやった。野口がすかさず踏み返してくる。すげえ痛い。

「男子ソフトボール部かあ。うーん……」

バーコード頭の教頭が唸ったのでぼくらはそろって頭を上げた。野口は一歩踏み出すと、教頭先生が座る机を両手で叩いた。

「ぼくたち、全国大会に行きたかとです！」

なにが「ぼくたち」だ。野口が自分を「ぼく」と呼ぶとき、たいていその場しのぎのでまかせを口にする。幼なじみだから、よくわかっている。

「全国大会か。……そいがなんでソフトボールとか？」

教頭先生は渋い顔だ。全国大会に行きたいなら、すでにある運動部に入ればいいわけだから、教頭先生が渋るのも当然だ。ぼくは意地悪半分で言ってやることにした。

「それはですね、佐賀に男子ソフトボール部がないから全国大会なんてちょろい」とまで言ったとき、野口が鳩尾《みぞおち》に肘鉄《ひじてつ》を入れてきた。むせて言葉に詰まる。

やりやがったな、と叩き返そうと思ったが、ここは職員室だ。ぐっとこらえると野口は神妙な口ぶりで語り始めた。

「ぼく、思ったんです」

出たよ、「ぼく」が。

「ぼくらは春になれば三年生になります。高校生活三年間でぼくはいったいなにをしたんだろう。退屈な毎日を送っていただけじゃないのか。このまま高校生活を無駄に終わってしまっていいのか。迷いに迷いました。そうしたときソフトボールが目の前にあったんです。見つけた、と思いました。これに打ち込んだら熱くなれるぞ、と閃いたんです。全国大会っていうのはそこについてくるおまけみたいなもんで」

なんてしらじらしい。よくもここまでつらつらと嘘がつけるもんだ、と思ったが教頭先生は感心げにつぶやいた。

「ほう、なるほど」

教頭先生たるものがこうも簡単に生徒の嘘に引っかかっていいものなのだろうか。がっかりしていると、背後から声がかかった。

「嘘つけ！」

いったい誰だ、ぼくの心の声を代弁してくれたのは。振り返ると、立っていたのは澤山《さわやま》先生だった。体育の先生でたしか三十七歳独身。悪い先生じゃないけれど見事なまでに体育会系で、ぼくら生徒にも厳しい。

澤山先生はぼくらの横に立った。野口をねめつけ、冷たく言い放った。

「おい、野口。お調子者のおまえのことだから、無条件で全国大会に出られるのはソフトボールだけ、ちょろいもんだからいっちょやってやろうか、なんて考えたんだろ」

教頭先生の顔が曇る。疑念の目を野口に向けた。野口大ピンチ。ぼくはほくそ笑んだ。しかし、野口は平然と言ってのけた。

「鬼塚がそう言っていたのは事実です」

「は?」

啞然とするあいだに、野口はいっきに熱く語った。

「こいつは本当にけしからんやつです。でも鬼塚はぼくの友達なんです。だから、友達としてなんとしてもこいつの根性を叩き直してみせます。必ずや友達として!」

またもや教頭先生の顔つきが変わった。すっかり感心しきった口調でつぶやいた。

「ほほう、友達として、か」

「ええ、友達として！」

野口は爽やかな笑みを浮かべた。呆れて突っ込む気にもなれない。

「澤山先生。先生はかつて甲子園予選大会の決勝まで行ったとでしょう。どがんですか。顧問ばしてくんしゃい」

すっかり騙された教頭先生が、澤山先生に頼み込む。

「いや、こいつが言っていることは」と澤山先生が大慌てで手を振ったが、教頭先生は大きく首を横に振るだけで話を遮ると、なぜかぼくを指差した。

「たしかにこの生徒の動機は不純です」

教頭先生の頭の中では、すっかりぼくが悪者になっているらしい。次に教頭先生は野口を指差した。

「ばってん、この生徒の気持ちは純粋かです！」

完全に騙されている。教頭先生の野口を見る目は感動で潤んでいた。もう反論するのも馬鹿馬鹿しい。大ピンチをうまく切り抜けた野口にも脱帽だ。こいつは口からでまかせで窮地を脱することにかけて、天才だと思う。ヒーローじゃなくて詐欺師を目指したら、簡単に佐賀でいちばんになれるだろうに。

休み時間の終わりを告げるチャイムが鳴った。澤山先生に連れられて職員室を出る。男子ソフトボール部の顧問を断りきれなかった澤山先生は、不満たらたらでぼくらの前を歩いた。

「まったくあのハゲ教頭、勝手に押しつけやがって」

「公務員はつらかとですねえ」

野口がけらけらと笑って逆なでするようなことを言う。

「馬鹿」と突っ込みを入れたが遅かった。前を行く澤山先生がぴたりと足を止めた。肩を怒らせて振り返った。

「おい、野口。こんなことになったのは誰が原因だ？　だいたいな、おまえらは全国大会というものを知らなさすぎる。全国大会っていうのはな、必死に努力して選ばれた者のみが戦える、崇高な大会なんだよ。それをおまえら」

ふいに澤山先生は言葉を切って体を震わせた。いまにまさに噴火しようとしている火山に見える。ぼくはぎゅっと体を縮こめた。その瞬間、大爆発が起こった。

「おまえら全国大会をなめるんじゃねえ！」

廊下の端から端まで怒号が響き渡った。耳がびりびりと震える。だが、野口はどこ吹く風だった。にやにや笑いながら、澤山先生に語りかける。

「たしかさっきの教頭先生の話じゃ、澤山先生は甲子園予選決勝まで行ったとですよね。決勝まで」

野口は「まで」をことさらに強調した。

「なにが言いたいんだよ」

「ということは、先生は全国大会に出たことはなかとですよね？」

澤山先生が鬼の形相となった。怒りで顔が真っ赤だ。赤鬼だ。

なんてことしてくれるんだよ、と野口を睨む。しかし、横にいたはずの野口の姿がない。振り返ると廊下の端を目指して駆けていく背中があった。危険を察して逃げやがったのだ。あいかわらずピンチの回避能力だけは天才的だ。ぼくも慌てて逃げた。

「待て！　おまえら！」

澤山先生が叫びながら追いかけてくる。ぼくらは上履き用の白スニーカーでリノリウムの廊下をキュッキュと鳴らしながら駆けた。澤山先生はさすが体育の教師だけあって足が速い。だが、サンダルを履いていた。ぼくらに追いつくことができない。

野口が二階への階段を三段飛ばしで上がっていく。ぼくも続いた。折り返しの踊り場で足を止めて振り返る。澤山先生はまだ階下にいた。追いつかないと観念したみたいだ。下から叫んだ。

「九人だぞ！　部員を九人集められなかったら、即廃部だからな！　期限は一週間やる。それ以上は待ってやらん。わかったか！」

一週間で九人。難しいかもしれない。だが隣の野口はそうは思っていないようだ。腕組みをして不敵に笑ったあと、澤山先生に親指を立ててＯＫサインを出してみせた。

放課後、本屋で料理雑誌を立ち読みした。フランス料理を紹介しているページを見つけてめくっていると、ジャン・ピエールの名前が飛び込んできた。彼はぼくの憧れの人だ。まさにヒーローだ。

ジャン・ピエールはフランスは花の都パリに、ミシュランで三ツ星と評価されたレストラン、コートドールを構える天才シェフだ。レストラン開店後、若干三十二歳で三ツ星を得るという快挙を達成している。彼が作る料理は独創的ですばらしい。世界中が彼のフレンチに賛辞を送っている。

ある人はこう言っている。

「ジャン・ピエールは皿の上に宇宙を創造してみせるんだ」

またある人はこう言う。

「フランス料理の方程式は彼によって書き換えられたんだ！」

いつかぼくも彼のような料理を作れるようになりたい。そのために彼のもとで修行してみたい。フランスへ行ってコートドールの厨房で働いてみたい。だいそれた夢であることは重々承知だ。野口がソフトボールで全国大会に行きたいなどと言っていたが、それよりもはるかに遠い夢だ。

ため息とともにページをさらにめくった。そこでぼくは誌面に目が釘づけとなった。

〈あのジャン・ピエールが日本にやってくる！〉

夏にジャン・ピエールが日本にやってきて、ワークショップを開くという。日本のフレンチの若手有力シェフ五人と食材に関する勉強会をやるので、ほかにも一般参加者を募るとのこと。

興奮で雑誌を持つ手が震えた。憧れのジャン・ピエールが日本にやってくる。応募して選ばれれば、彼に会える。うまくすればぼくの夢につながっていくかもしれない。

だが、ワークショップの会場は東京の青山とあった。

「東京かあ……」

思わずつぶやく。雑誌を買って本屋を出た。駅に着くと、ちょうど電車が出るところだった。急いで改札を抜けて電車に駆け込む。

ぼくが暮らす佐賀のこの小さな街から、東京まで電車で行ったらどのくらいかかるだろう。ドアに寄りかかりながら、そんなことを考えた。東京は憧れの街だ。以前に調べてみたところ、この街から直線距離で九百キロほど離れていた。遥かなる夢の国って感じがした。

ぼくの母は東京出身だ。佐賀出身の父が東京で働いているあいだに出会い、ふたりでこちらに戻ってきたのだという。母は家の中では見事なまでに標準語だ。おかげでぼくも普段佐賀弁よりは標準語で話してしまう。それが冷たい印象を与えると不評なのだけれど、高校三年になるいまのいままでこうして話してきてしまったのだから、なかなか変えることはできない。

長崎本線に乗って佐賀市方面へ向かう。ぼくが生まれ育ったこの街は、佐賀県の真ん中あたりに位置する。北に天山《てんざん》がそびえ、南に有明海が広がっている。自然には事欠かない。ムツゴロウだっている。

けれども、とにかく田舎だ。特に通っている高校がある牛津《うしづ》は平野であって、海へと向かえば見渡すかぎりの田畑となる。小学校のとき学校を写した航空写真を見たけれど、学校の周囲は見事なまでに緑一色に染まっていた。

東京への憧れが募れば募るほど、この土地で暮らす自分にがっかりする。こんなところにジャン・ピエールは絶対に来ない。この街にぼくの夢はない。本当にぼくはここで一生を終えていいのだろうか。焦りで喉を掻き毟りたくなる。

そうした焦りは、家に帰ると倍に跳ね上がる。うちは幸楽園《こうらくえん》という名の中華料理屋なのだ。しかも庶民的な。ラーメン、チャーハン、それから餃子がメインとなっている。麻婆豆腐や八宝菜はあるが、小籠包はない。そんな感じだ。ともかく、フランスやジャン・ピエールなどとはほど遠い生活をぼくは送っている。

「ただいま」

くすんだ赤い暖簾をくぐって店に入る。店を通ったほうが早く家に上がれるのだ。客はカウンターに三人いた。いずれも常連客だ。

「いらっしゃい」

声だけかけて彼らの背中を通り過ぎる。階段をのぼって二階に行き、自分の部屋に鞄を放り込んだあと、父の仏壇に線香をあげた。

父はぼくが小学校五年生のときに、交通事故に巻き込まれて死んだ。信号無視をして交差点に進入してきた車に、父の車は追突されたのだ。

「ただいま」

遺影に手を合わせてから、急いで階下へ向かう。厨房に立つ母を手伝うのだ。

「手伝うよ」

厨房白衣を着て、エプロンをつけながら母に声をかける。

「じゃあ、玉ねぎ刻んでくれる？」

「了解」

「豚肉と玉ねぎ炒めのやつだから」

「オーケー」

玉ねぎを取り出し、包丁で刻んでいく。包丁で野菜を刻むときの、リズミカルな音が好きだ。二階に行っているあいだにテーブル席に家族連れが入っていた。

母が注文を取りにテーブル席へ走っていく。

　父亡きあと、母は女手ひとつでこの幸楽園を守り、ぼくを育ててくれた。父が亡くなったとき、母は実家の東京に帰るといった選択肢もあっただろうに、この佐賀に残った。大好きだった父が残したこの幸楽園を守りたかったそうだ。そして母は望んでいる。この店をいずれぼくが継ぐことを。

「ビール一本追加！」

　カウンターの席に座っていた客のおっちゃんが声をあげる。毎日晩ごはんを食べに来てくれるおっちゃんだ。歳は四十代半ば。たしかトラックの運転手だ。

「ビールね、はいよ」と明るく答えながら母が厨房に戻ってくる。玉ねぎを刻むぼくとすれ違いざま、顔を寄せてきて小声で言った。

「いつもありがとうね」

「忙しいときはいつでも呼んでよ。手伝うからさ」

　微笑んで返す。この店を守り、ぼくを育ててくれた母には、これからの人生は少しでも楽をしてもらいたい。そういう願いは強くある。

母がビールの栓を抜いてカウンターのおっちゃんに出す。するとおっちゃんは唇を尖らせてぼくに訴えた。

「こんだけ毎日店に来とっとけよ、おまえの母ちゃん全然おれに振り向いてくれんばい」

母は忙しそうに洗い物をこなしながら、ちらりとおっちゃんを見て笑う。

「わたし、こう見えても面食いだからね」

長年ひとりで切り盛りしてきただけあって、客のいなし方がうまい。息子の自分が言うのもなんだけれど、若い頃の母はきれいだった。父も自慢だったようで、ふたりで撮った写真はたくさんある。

でも、母ももう歳を取った。目尻のしわは深くなってきているし、白髪もちらほら見えてきている。厨房でその横顔を見るときは、必ず胸がきりきりと痛む。ぼくはこの母をひとり置いて、フランスに行きたいなんて考えている親不孝者だ。

店じまいしたあと、風呂に入った。厨房に立つと、料理のにおいと調理油と汗で体がコーティングされたような心地がする。それを風呂に入って洗い流す。心底気持ちがいい。

風呂から上がり、お店の炭酸オレンジジュースを一本頂戴して二階の自分の部屋へと上がった。今度は母が風呂に入る番だ。そっと耳を澄まして、母が風呂に入ったのを確認する。机の引き出しからいつも隠しているフランス語の辞書を取り出す。便箋も用意する。

昼間買ってきた料理雑誌を見ながら、ワークショップに応募の手紙を書いた。さらにジャン・ピエール本人へ宛てた手紙を書く。そのためにフランス語の辞書だ。辞書はフランス料理のすばらしさにのめり込んだときに買った。フランス語はちょくちょく勉強している。ただ、あまり上達はしていない。手紙は率直に書いた。

〈あなたのもとで修行をしたいです〉

このなにもない街から羽ばたきたいと思った。そのためにはなんとしても、ジャン・ピエール本人に訴えなければ、と考えたのだ。チャンスの神様は前髪しかないという。その前髪をつかまなくてはいけない。

封筒に手紙を入れて封をする。駅前のポストに出してこようと、封筒を持って立ち上がる。しかし、ここで我に返った。

本当にこんな手紙を書いたところで、ジャン・ピエールのもとで修行できるのだろうか。佐賀に住んでいるしがない高校生であるぼくの手紙が彼のもとに届き、読んでくれるのだろうか。

こんなふうにひとり盛り上がって手紙まで書いちゃって。これじゃ全国大会に出てヒーローになると張りきっている野口といっしょじゃないか。叶うはずのない夢に突っ走って、あとでがっかりするのは自分だ。

じっと封筒を見つめる。夢に酔っていた自分が恥ずかしくなり、封筒を机の引き出しに投げ込む。壜のオレンジジュースをいっき飲みした。風呂場のドアが開く音がする。母が上がったのだ。

現実を見なくちゃいけない。身の程を知らなくちゃいけない。炭酸オレンジジュースは無果汁のくせにやけに酸っぱい味がした。

## 2

野口と部員を探して校内を練り歩いた。生活経営科の教室を覗く。教室に入ってすぐのところに田中君がいた。

田中君は一年のとき同じクラスだった。太っていて体重は九十キロある。人見知りをするタイプらしく、あまり友達はいない。太っていると陽気なイメージがあるが、内向的なやつもいるもんだな、と田中君を見て知った。

彼はマネキン相手に人工呼吸のトレーニングをしていた。休み時間なのに真面目なやつだ。

教室に先に入った野口が、田中君に声をかけるものとばかり思っていたが、素通りして窓際にいた森君のところまで歩いていった。森君も生活経営科の生徒だ。

「やあ、森君。ソフトボール部に入らんと？　全国大会ばい。なんもせんと全国大会ばい」

「でも、おれ美術部やし」

おかっぱ頭の森君に一瞬でふられた。野口は無念そうに天井を見上げた。

「そっか……。ほかに男子はおらんかな」

つぶやきながら、教室を見回す。明らかに田中君が目に入っているだろうに、野口は完全に無視していた。こいつの考えは簡単に見透かせる。ソフトボール部にデブの田中君を入れたくないのだろう。たしかに田中君の体型はソフトボール向きじゃない。どちらかといえば柔道部だ。なにせさきほど人工呼吸が横四方固めに見えたもの。

「おらんか……。じゃあ、次の教室行くぞ、鬼塚」

野口が勇んで教室を出ていく。田中君にはかわいそうだが、ぼくも野口に同意見だ。続いて次の教室を目指した。

廊下を歩いていると騒がしい教室があった。野口が飛び込む。そこは服飾デザイン科の教室だった。あとから続く。

「くそ！　なんで女ばっかりなんだよ！」

入るなり野口が叫んだ。ミシンを前にして座っている生徒が三十名ほどいたが、そのすべてが女子だった。

「馬っ鹿じゃなか！」

鋭い声が飛んできて身構える。はっとした声は草薙《くさなぎ》さんだった。彼女は野口のすぐ目の前までやってきた。腰に手を当てて野口を睨みつける。

別に彼女がぼくと話しているわけでもないのに、心臓がどきどきしてくる。彼女はきっと、いや確実に同級生の中でいちばんかわいい女の子なのだ。

くるくるとよく動く瞳がかわいらしい。肌は白くてつやつやしている。肩まである髪はさらさらで、そばを通ったらいいにおいがした。

こんなふうに野口に食ってかかるあたり、気が強くて男勝りなわけだけれど、そこもいい。ぼくにはない溌剌さを彼女は持っている。太陽みたいな女の子で、ぼくはずっと彼女に憧れを抱いている。

「うちの高校はもともとが女子ばかりやろ。女子四百人に対して男子は三十人。そいもあんたみたいな馬鹿男ばっかい」

草薙さんは悪態をついたあと、大きくため息をついてみせた。野口はあらぬ方向を見て聞き流す。そして、いまさら気づいたとばかりにとぼけてみせた。

「なんだ、おまえかよ」

「うちで悪かったね!」

ひときわ声を大きくして草薙さんが言う。

「わかった、わかった。おまえはこれから立ち上げる男子ソフトボール部の女子マネにしてやるけん」

「そがんこと頼んどらん、誰も」

「あいかわらず、かわいくなかばい」

「あんたにかわいかなんて思われとうなか!」

「馬鹿女相手にしてもしょうがなか。行くぞ、鬼塚」

撤収とばかりに野口が手を振った。

「あ、ああ」

まるでけんか腰のふたりだが、傍から見れば軽口を叩き合えてうらやましい。

野口に嫉妬しながら教室を出る。そのとき思わぬことが起こった。

「ちょっと待って、鬼塚君」

草薙さんがぼくを呼び止めたのだ。

「え？」

振り向いたら草薙さんがそばまで来ていた。彼女と目が合う。

草薙さんと同じクラスになったことはない。だからぼくの名前を知っていることすら知らなかった。彼女は野口と二年間同じクラスで、しょっちゅういっしょにいた。さきほどのような言い合いもよくしていた。ぼくはそれをうらやましくてずっと遠巻きに見ているだけだった。それなのにぼくの名前を知ってくれていた。胸の中で喜びのヒマワリが咲いた。

「どうした、鬼塚」

先に廊下に出た野口がじれったそうに言う。ヒマワリであるぼくは太陽である草薙さんから目を離せない。

「先に行くぞ」

野口がうんざりといったふうに言い置いて、行ってしまった。

「あの、なんか用？」

あらためて草薙さんに話しかける。彼女は困惑の表情を浮かべた。なにかまずい態度でも取っただろうか。彼女の困惑が伝わってきて、ぼくまで狼狽《ろうばい》してしまう。

草薙さんは何度か口を開きかけては、ぼくから目をそらした。いつも太陽のように輝いている彼女が、いまはその美しい瞳に愁《うれ》いを湛《たた》えている。いったいどうしたというのだろう。

「あの」ともう一度話しかけると、草薙さんは力なく笑った。

「ごめんね、鬼塚君。なんでもなか」

くるりと踵《きびす》を返して草薙さんは女子の輪へと戻っていった。教室内の女子の視線がぼくに注がれる。草薙さんが元気をなくした理由がぼくにあるように彼女たちは思っているのかもしれない。注がれている視線が厳しい。

「あの、いや、おれじゃないっすよ」

あたふたとしながら服飾デザイン科の教室を撤退した。

野口を探して校内を歩く。それにしても先ほどの草薙さんの様子はおかしかった。なにか訴えたいことがあるのに言い出せないふうだった。いつも元気な彼女にいったいどんな悩みがあるというのだろう。それをぼくに話したいと思ったのはなぜだろう。

ぼくに相談したかったのだろうか。それはそれでうれしい。彼女とお近づきになれるってことだ。しかし相談内容が気になる。まさかぼくのことを好きで、なんて考えてすぐに打ち消す。それはない。あまりに都合がよすぎる。

では、いったいなにに悩んでいるのだろう。


あれこれ考えながら一階を歩いていると、購買部の前で野口がおかっぱ頭の森君にまたもや声をかけていた。

「だから、おれ美術部やし」

森君がややキレ気味で断る。野口は無念そうに腕組みをして森君を見送った。

ぼくに気づいてこちらにやってくる」

「もう、ふた周り目か……」

「男子が三十人しかいないんだもん。男子全員に声をかけるなんて、あっという間だよ」

草薙さんが指摘した通り、うちの高校には女子四百人に対して男子は三十人しかいない。調理や服飾デザイン、保育に社会福祉を主に学ぶ高校なので、女子のほうが生徒数が圧倒的に多いのだ。

「いや、まだ声をかけていないやつが、どこかにいるはずばい」

野口は手で望遠鏡の形を作って周囲を見渡した。そのとき、正面から田中君がやってきた。野口の双眼鏡は明らかに田中君を視界にとらえただろう。それなのに、またもや無視を決め込んだ。

「探そう、まだ声をかけていないやつば」

意気込んでそう言うと、野口は走り去っていった。あくまでデブはチームに入れたくないらしい。

「ああ……」

なぜか田中君が野口の背中を目で追いかけながら弱々しくもらした。ひどく落胆している。ふと気づいた。田中君はわざわざ野口を探してやってきたんじゃないだろうか。仲間になりたくて。

「ねえ、田中君。もしかして」

「はい？」

「もしかしてソフトボール部に入りたいんじゃないの？」

答えは明白だった。田中君の満面の笑みがその答えだった。

男子を探してうろつく野口を捕まえる。田中君が入部希望だと告げた。さけまくっていた彼を入れることを躊躇するかもしれない、と思ったのだがそこはお調子者の野口だ。悪びれもせずに田中君に謝った。

「え？　あ？　そうなの？　いやあ、ごめん、ごめん。まったく視界に入らんやった」

しらじらしいにもほどがある。温厚そうな顔をしている田中君もさすがに驚いたらしく、もともと丸い頰をさらに膨らませた。

「視界に入らんやったって、ぼくがこがん太っとるのにですか?」

「だってなんか存在感なかよなあ、竹田君て」

「あの、竹田じゃなくて田中です」

さらにしらじらしい空気が流れた。せっかくの入部希望者の名前すら覚えないとは、いったいどういう頭の構造しているのか。

ぼくと田中君はいっしょに軽蔑の眼差しを送ってみせたが、野口はまったく意に介さず意気揚々と言った。

「こいで三人! あと六人ばい!」

田中君はまだなにか文句を言いたげだ。ぼくは彼の肩を叩き、振り向いたところで首を振ってやった。

「こいつはこういうやつだからあきらめな」と。

田中君は小さくため息をついた。

三人で引き続き新たなメンバーを探した。澤山先生から提示された期限は一週間。残り男子二十九人の中から、あと六人を説得して入ってもらわなくてはいけない。たぶん、難しいのはこの「説得」という点だ。田中君みたいな奇特な人ならいざ知らず、普通ソフトボールなんてやりたがらない。高校生活でみんなそれぞれ忙しいのに、なぜ三年に上がるいまになってソフトボール部に入らなくてはならないのか。

野口は全国大会に行けばヒーローになれると信じているからまだいい。でも普通の感覚があるやつだったら、まずソフトボールをやろうとは思わないだろう。そこによっぽどの旨味がなければ。

廊下を曲がったとたん、先頭を歩いていた野口が足を止めた。急に止まったものだから、背中に顔をぶつけてしまった。

「なんだよ、急に止まって」

肩越しに前を見ると、菊池先生がこちらに背を向けて立っていた。

菊池先生はぼくら三年生を受け持つ教師の中の紅一点だ。今年で三十歳になると聞いているけれど、そんなふうには全然見えない。爽やかで美人でスタイルがいい。菊池先生をマドンナと崇める男子までいる。ぼくももし草薙さんがいなかったら、先生に心ときめかせていたかもしれない。

その菊池先生は石岡《いしおか》君と対峙していた。ぼくは彼が苦手だ。石岡君は見事なまでにヤンキーであって、狼みたいな目つきをしているし、そばを通っただけでも食いつかれそうな雰囲気を醸し出している。一応、彼もぼくや野口と同じ食品調理科なのだけれど、料理は苦手なようで授業はさぼりがちだった。

「ねえ、石岡君。このままじゃ留年よ。課題料理の単位だけは落とさんでね。料理が苦手なのはわかるけど、せめて課題だけは出してちょうだい」

菊池先生の顔は見えないが、声は心配げだ。石岡君は制服のズボンのポケットに両手を突っ込んだまま、床を睨んで言った。

「別によかですよ、おれ。こがん学校いつでもやめてやりますけん」

「石岡君！」

甲高い声を菊池先生が上げた。石岡君は顔を背けて舌打ちをする。かなり険悪な場面に遭遇してしまった。ここは見なかったことにしてこの場から離れるべきだ。ぼくは野口の制服のジャケットの裾を引っ張った。

しかし、野口はぼくに振り向くとにやりと笑った。いったいなんの笑みなのか。いま笑うべきところじゃないのに。理解不能で首をひねると、野口は菊池先生と石岡君のところまで、つかつかと歩み寄った。

「の、野口君？」

菊池先生が唖然とする。

「まあまあ」と野口は笑顔で取り成しつつ、なぜか石岡君の手を引いてこちらに戻ってきた。なんで石岡君を連れてくるんだよ。関わりたくない人物なのに。

「なんや」

石岡君が野口の手を払いのける。野口は囁き声ながら、あっけらかんと言った。

「単位、どうにかしてやろうか」

「は？」

「さっき菊池先生が言ってた課題料理、なんとかしてやるからその代わりに」

そこまで野口が言ったときに、こいつの魂胆がわかった。課題料理を作ってやる代わりにソフトボール部に入ってくれというのだろう。

ふたりはさらに小声になって、ないしょ話を続けた。

「それで決まりということで」と野口が石岡の背中を軽く叩きつつ、ぼくを見た。

「交渉成立だな」と石岡が答えながら、これまたなぜかぼくを見た。

いやな予感がする。ふたりはそろってぼくを見つめてきた。野口はさらに声を潜めて、いかにも信頼しているといったふうにぼくに言った。

「じゃあ、鬼塚。課題料理は任せたばい」

「えー、作るのおれかよ」

「声がでけえよ」

石岡君に睨まれた。

深いため息が出た。野口のやつうまいことやりやがって。ソフトボール部員を獲得しつつも、自分は面倒なことには手を出さない。さらにぼくは石岡君が怖くて断ることができない。

「あと五人ばい！」

野口が晴れやかに叫んだ。まったくこいつは本当に人を巻き込むのがうまい。天才的だ。いや、天才と言いきっていい。

明くる日からは、野口、ぼく、田中君、石岡君の四人で新たなメンバーを探した。ぞろぞろと四人で歩いていると、なんだか桃太郎の鬼退治みたいな一行だ。石岡君はメンバー探しというよりも、いろんな生徒を睨みつけながら歩くから、まるでけんかを売って歩いているかのようだ。そもそも、彼は本当にソフトボールをやる気があるのだろうか。爽やかに運動するタイプにはとても見えない。いきなり気が変わってソフトボール部なんてやめてくれたら万々歳なんだけれど。

ぼくは恐る恐る尋ねてみた。

「ねえ、石岡君は本当にソフトボールやるの」

「ああん?」と睨みつけられた。「なんか。おれがやっちゃいけんとか」

「い、いや、そういうわけじゃないけど。た、ただ訊いてみただけだよ」

びびって目をそらす。余計なことを訊くんじゃなかった。藪蛇だと思っていると、田中君がなぜか訊いてきた。

「鬼塚君はどうなの」

「へ？」

「鬼塚君は野口君といっしょのソフトボール部の発起人なんでしょう。だけど野口君みたいなやる気をなんか感じないんだよねえ」

痛いところを突かれた。正直言えば、ぼくはソフトボール部に乗り気じゃない。巻き込まれて断りきれず、野口と行動をともにしているだけだ。だいいちちゃんと人を九人集められて、部を結成できるとさえ思っていない。一週間で九人集めるなんてどだい無理な話だ。一応うちの高校には三十人の男子がいるが、すでになんらかの運動部や文化部に入っているやつが多い。どこにも所属していない男子など、ほんのひと握り中のひと握りなのだ。でも、こう答えた。

「やる気？　あるに決まってるじゃないか」

言葉が上滑りしていくような感覚にとらわれる。まさに口だけで言っている感じ。野口に見透かされているんじゃないかと心配になったとき、わっと女子の黄色い声が湧き起こった。みんながいっせいにその方向を見る。話がそれてこれ幸いとばかりに、ぼくもそちらを見た。

うちの高校は北校舎と南校舎に分かれていて、そのあいだが渡り廊下でつながっている。その渡り廊下の真ん中に女子のみによる人だかりができていた。中心に松本君が見えた。

彼はうちの学年でいちばんのおしゃれボーイとして名高い。髪型もファッション雑誌のモデルのようだ。校則ぎりぎりの薄い茶髪にゆるやかなウェーブがかけられている。おまえはどこぞのアイドルかと突っ込みを入れたくなる。

取り巻きの女子のひとりが尋ねた。

「松本先輩って彼女いるんですか」

彼は女子から大人気なのだ。ぼくから見れば、しょっちゅう鏡を見て髪の毛をいじったり、自分のイケている顔の角度を確認したりしているナルシストにしか見えない。たしかに、顔の作りはかっこいいのだけれど。

「彼女?」と松本君はおどけてから気障《きざ》ったらしく言った。「彼女なら二十人いるよ。なんなら君、二十一番目になるかい？」

きゃあ、と取り巻きの女子がいっせいに騒いだ声を上げる。まるで段ボールに入ったヒヨコが一度に騒ぎ始めたみたいだ。

「け、なにが二十一番目になるかい、だよ」と石岡君が吐き捨てる。「あいつんち、マツモト理髪店のくせによ」

マツモト理髪店。どこかで聞いたことのある響きだった。もしかしてと思って訊いてみる。

「マツモト理髪店って、あのアイパーのマツモト理髪店？」

駅三つ離れた商店街の入口に、古い理髪店がある。赤と青と白の縞模様がらせん状になって回る例の看板が立っていて、表に並べられた鉢植えの観葉植物たちは、ぐったりと萎《しお》れている。店内に貼ってあるポスターはみんな古くて、その髪型も三十年前くらいのものじゃないだろうか。まさに昭和の理髪店そのもの。そこの名前がマツモト理髪店だった。

「そうばい。アイパーのマツモト理髪店ばい。あそこで髪を切ると三十年前の髪型にされるという、恐怖のマツモト理髪店ばい」

三十年前の髪型。キーワードもいっしょだ。

「なんで知ってるの」と田中君が訊いてくる。

「親戚の家がマツモト理髪店のそばにあるんだよ」

幼いころ、両親に連れられてあの親戚の家によく行った。近くにあるマツモト理髪店の窓に〈アイパーできます〉の貼り紙があって、意味がわからなかったぼくは「アイパーってなに」と両親に聞いたことがあるのだ。そしてなんとその〈アイパーできます〉はいまでも貼ってある。

しかしながら、いまどきアイパーなどかける人がいるのだろうか。あんなごついパーマをあてられたら、恥ずかしくて外を歩けやしない。もしもアイパーをあてている人を見かけたら、即時に天然記念物として申請したいくらいだ。

「その床屋、『ゴルゴ13』ば絶対に置いてそうばいね」

ぼくと石岡君の話を聞いていた野口が、笑いながら口をはさむ。

「でも、松本君の髪型って古くないよね」と田中君が指差す。

たしかに彼は流行の髪型をしている。マツモト理髪店では絶対にやってくれなさそうな髪型だ。

「そりゃそうばい」と石岡君がまたもや吐き捨てるように言った。「あいつ、福岡の美容室までわざわざ行くらしかばい。マツモト理髪店の息子だってことば、秘密にしとっとよ」

秘密。その単語が出た瞬間、野口の顔つきが変わった。

「おい、またなんか企んでるだろ」とぼくは野口の肩を叩く。幼なじみのぼくにはお見通しだった。

「まあまあ」

そこで待ってろといったゼスチャーをしつつ、野口はスキップで松本君に近づいていった。取り巻きの女子たちが、怪訝そうな顔をしながら道を開ける。

「やあ、松本君。ソフトボール部ば入らんと？」

野口はそれほど親しくもないだろうに、大親友とばかりに松本君に声をかけた。

松本君はもったいぶったようにゆったりと振り向くと、男の野口に向かって流し目を決めてみせた。

「え？　なんでおれがソフトボールなんかしなくちゃいけないんだよ」

髪を指にくるくると巻きつけている。完全に色男気取りだ。見ていて鳥肌が立つくらいに。野口はにこやかに微笑み返した。そして、魔法の言葉を言いやがった。

「マツモト理髪店」

「おーい！　ちょっと待て！」

松本君の声が北校舎と南校舎のあいだでこだました。大きな声で野口の言葉を搔き消そうとしたのだ。それほどまでに彼にとって、実家があの理髪店であることは隠しておきたい秘密なのだろう。

「ソフトボールばやらんと？　マツモト理髪店」

「わー！」

「入らんと？　マツモト理髪店」

「だあー！」

だんだん松本君がかわいそうになってきた。

「あいつ、性格悪かね」と石岡君がつぶやく。

「だー！　わあー！　がー！」

もはやわけのわからぬ雄叫びを上げながら、松本君は野口の手を引いてぼくらのもとまでやってきた。女子から離れると半泣きになって早口で言った。

「おい、なんで知ってんだよ。なんでうちのこと知ってんだよ。知られたくないからおれ、越境入学してきたのに」

ずいと石岡君が前に出た。

「久しぶりやな、マツモト理髪店」

「お、おまえか……」

松本君ががっくりとうなだれる。

「同じ中学の出身なのに、いまじゃえらい立場の違いばい」

石岡君は、不安そうにこちらを窺っている女子たちを見やった。別に睨んだわけでもないのに、女子から「いやー」と声が上がる。石岡君は舌打ちをしてから、松本君と向き合った。

「なあ、松本。おまえの親父にアイパーにされた恨み、忘れとらんけんね」

そうだったのか。ここにいたよ、天然記念物が。

「あのさ、松本君。おうちの秘密、彼女たちに知られたくないよねえ」

野口がそっと松本君の肩に手を置いた。ばらされたくなかったらソフトボール部へ入れ。これじゃ脅しだ。要求がチープすぎて馬鹿馬鹿しいけれど。

「入ります、ソフトボール部」

松本君が陥落した。野口の作戦勝ちだった。

ヒーローになりたい。野口の不純な動機から始まった計画の犠牲者がまたひとり増えてしまった。

「これであと四人ばい！」

うなだれる松本君をよそに野口が叫ぶ。あと四人。カウントダウンに入ってきた。これはもしや本当に九人集まってしまうんじゃないだろうか。

五人となったぼくらはさらなるメンバーを求めて練り歩いた。さすがに五人も集まると、注目を集めるようになる。野口がソフトボール部のメンバーを集めていることは噂でも広がり始め、ときどきは女子から「何人集まったと？」と尋ねられることもあった。

職員室の前を五人で行くと、テストの成績の上位者が表になって張り出されているようで、廊下いっぱいに生徒が広がっていた。

彼らのあいだをすり抜けながら、トップの生徒の名前を確認する。トップは大《おお》内《うち》君だった。身長の低いガリ勉野郎だ。

「大内君ってさ、もしかして大学でも行くつもり？」

そんな声がする。見ると目の前に大内君本人がいた。彼は不遜さを隠すこともなく、黒縁の四角メガネの位置を直しながら横柄に答えた。

「大学？　当たり前じゃん。このあたりの就職先なんて、農業か、飲食店か、介護ぐらいだろ。年収二百万の世界だぜ。君こそそれでいいの？」

うちの高校から大学に進む人間は多くない。進学するとしたら専門学校か、短大かだ。残念ながらぼくは勉強が不得意なので、進学という選択は最初からない。

ただ、ぼくの場合はジャン・ピエールのもとで修行する夢がある。大内君が大学に進もうがなにしようが、うらやましいといった気持ちはない。

たしかにトップを獲った大内君はすごいのだろう。でも、ぼくは二位の名前に驚いて目を離せなくなった。なんと二位は草薙さんだったのだ。

以前はこんな成績上位者にいなかった。せいぜい三十位くらいだった。それなのに今回のテストでは二位。びっくりするほどのジャンプアップだ。いつのまにこんなに成績がアップしたのだろう。大内君のようにガリ勉タイプではない。草薙さんは陰で努力をしているのだろうか。そうだとしたら、ますます惹かれてしまう。

ふいにいい香りが漂ってきた。どこかで嗅いだことのあるにおいだ、と思って周囲を見渡す。自分の鼻の敏感さに驚いた。そのにおいは草薙さんのシャンプーのにおいだった。彼女がすぐそばに立っていたのだ。

彼女は友達といっしょに表を見上げていた。「すごか」とか「やるやん、草薙」などと言われて照れている。

「テストの成績がよくても、技術がないとね」

草薙さんは謙遜しながら、髪の毛を耳にかけた。そのしぐさがかわいらしい。すっかり目に焼きついてしまって、何度も頭の中でリピート再生してしまう。

だが、彼女に目を奪われているのはぼくだけじゃなかった。大内君がじっと彼女を見つめていた。それは二位の彼女をライバル視しての視線じゃない。明らかに恋焦がれての瞳をしていた。

げ、こいつも草薙さんのことが好きなのかよ。気づかなければよかった事実にひとり頭を痛めていると、草薙さんに気づいた野口が声をかけた。

「おい、女子マネ」

はっとした表情で草薙さんが野口を見る。野口は鼻高々に言った。

「今日で五人そろったけん。そろそろおれたちのユニホーム作っとけよ」

「ご、五人……」

唖然とする草薙さんの前をぼくらは通り過ぎた。驚くのも無理はない。男子の少ないうちの高校で着実にメンバーを集めつつあるのだから。

彼女の前を通り過ぎるとき、ぼくは軽く会釈をした。彼女がびっくりするようなことをしている。そう考えるとぼくらの集まりが少しばかり誇らしく感じないでもなかった。

放課後、ぼくら五人は校舎の屋上に集まった。ぼくらが暮らす佐賀では、四月の風はすでに暖かい。明日やっと入学式を迎えるというのに、もう桜は満開の時期を過ぎている。屋上から見える桜の木は早くも葉桜となっているものもある。屋上の金網に寄りかかり、ぼんやりと景色を眺める。学校の周りは低い家ばかりだ。そのさらに外は田畑ばかりとなっている。すばらしき田舎の景色。穏やかでいいけれども、なんだか自分が埋もれていく焦りを覚える。

そろそろメンバー獲得の作戦会議を開こうとしたとき、思わぬ人物が屋上に姿を現した。廊下で成績上位者の表を見上げていた大内君だった。

「ん？　どうしたと？」

端《はな》からソフトボール部に勧誘する気のなかった野口が驚いた顔をする。

「いやね、ぼくもソフトボール部に入ってやろうと思って」

大内君は四角メガネに手を添えて、偉そうに言う。

「なんで上から目線なんだよ」と松本君が呆れ顔だ。

「ちゅうかおまえ、大学に行くとやなかと？」

石岡君が片眉をひそめて突き放す。大内は屋上の上に広がる青空を見上げてから、にまりと笑って言った。

「ぼくは君たちの熱い思いに共鳴したんだよ」

石岡君が蹴っ飛ばすふりをしながら突っ込みを入れる。

「日本語で話さんか、日本語で。だいいち誰もおまえに熱い思いなんて話してなかとやろ？」

「まあまあ、細かいことはいいじゃない。入部はけっして不純な動機じゃないから」

そう語る大内君を見ながら苦笑いしてしまう。彼がソフトボール部に入ろうとしたきっかけは、絶対に草薙さんだろう。職員室の前で野口が草薙さんに対して

「女子マネ」と呼びつけていたのを聞いていたのだ。彼女に惚れている大内君のことだ。少しでも近づきたくて入部を決めたに違いない。まったく見事なまでに不純な動機だ。

しかし、ふと思う。そもそもここにいるメンバーで、純粋にソフトボールをやりたいと考えているやつがひとりでもいるのだろうか。

「まあ、よかよか」と野口が大内君の入部を認める。野口にとっちゃ入部の動機など二の次なのだろう。

「これで六人ばい！」

いつものごとく野口が元気に叫ぶと、そこへふらりと澤山先生が現れた。

澤山先生はぼくらのところまでゆっくりとやってくると、無言のままぼくら全員を見渡した。メンバーが九人そろってソフトボール部が発足すれば、澤山先生は顧問を務めなくてはならなくなる。気が気でなくて偵察に来たのかもしれない。

「うむ、五人そろったか」

「あの、先生。六人ですけど」

そばにいたぼくが教えてやった。

「あ、ごめん。六人か」

そう言う澤山先生の視線は田中君を見ていた。

「あー、ひどか！　先生いま高田君のこと忘れてたやろ！」

野口がすかさず鬼の首を取ったかのように笑う。しかしそう言う野口も名前を間違えている。田中君が寂しそうにつぶやいた。

「だから田中ですってば……」

先生もひどいし、野口もひどい。

場がしらけかけたが、澤山先生は強く咳払いをしてすべてをうやむやにすると、ぼくたちを見渡して言った。

「おまえらに朗報だ。タイムリミットを三日延ばしてやる」

「え、どうしてですか」と松本君が尋ねる。

「明日入学式があるだろ。新入生を勧誘する猶予を設けてやろうと思ってな」

「なるほど！」

ぼくらはそろって納得の声を上げた。

「ただ、期間内にあと三人集められなければ、すぐに解散だからな」

澤山先生はくるりと背を向けると、屋上から立ち去っていった。


作戦会議の解散後、ぼくと野口は自転車にふたり乗りして、海を目指した。一日さんざん勧誘を繰り返したあとだったので、ぼくも野口もぐったりとしていた。暖かい春風を感じながら、海へと向かう。延々と広がる田畑の中に続く農道を走る。空がだんだん暗くなっていく。

やっと有明海までたどり着くと、ちょうど夕日が干潟を赤く染めながら沈んでいくところだった。アサリや赤貝を取るための渡船は黒い影となり、赤と黒だけによる美しい世界がぼくらの前に広がっていた。

「澤山先生もいいとこあるばい。あと三人なら楽勝なぁ」

自転車を漕ぐぼくの肩に手を置いて、野口が言う。

「そうか？　案外あと三人が大変かもよ」

「楽勝ばい、楽勝！」

野口は高笑いだ。

「ていうかさ、おれソフトボールやるなんて一度も言ってないんだけど」

調子に乗っている野口を突き放すように言ってやる。しかし、野口はさらに大きく笑った。

「照れるな、照れるな。よかよか」

「だから照れて言ってるんじゃないってば」

突っ込みを入れつつも、不思議と笑いが込み上げてきた。やっぱり野口には敵わないな、と思ったからだ。

よくもまあ、六人も集めたものだと感心する。しかもそのうち誰ひとりとして純粋にソフトボールを愛している人がいないのがすごい。

こんなふうにめちゃくちゃながら人を集めてしまうところが、野口のすごいところなのだろう。自らがヒーローになりたいという不純な動機から始まっているというのに、どんどん人を巻き込んで大事になっていく。こいつのようなどこかピントのずれたやつが台風の中心でないかぎり、人は集まらないだろう。

ちゃらんぽらんなのに求心力がある。言っていることもやっていることも、筋が通っていないのにうまくいく。野口が前進することをやめないからだと思う。

もしもぼくがあいつの立場だったら絶対に駄目だ。うまくいかない。人のピンチに付け入ることなんてできないし、秘密を握ったからといって脅しもかけられない。のちのちまずいことになるんじゃないかと、先に頭で計算してしまう。

野口は思いついたままなのだ。そのまま行動していく。しゃかりきでもない。飄々《ひょうひょう》とこなしていく。みんなの前で焦ったり悩んだりしない。立ち止まらないのだ。

これってリーダーの器ってことなんじゃないだろうか。人の上に立つ人間としての才覚を、野口は持っているんじゃないだろうか。

そしてなによりこいつのすごいところは、本気で誰もが自分に協力してくれると信じているところだ。まったく疑っていない。疑いを抱かない人間は、強いのかもしれない。その丸っきりの信頼に、頼られたほうが不思議と喜びが芽生えてしまう。ぼくもついつい笑いが込み上げてきてしまう。

「まったくおまえはさ」なんて馬鹿負けしてつぶやきながら。

自転車を停めて、堤防へと向かう。階段をのぼり、端を目指して歩いた。

「でもさ、野口」

「ん？」

「たとえ九人集めて全国大会に出られたとしても、ボロ負けするんじゃないかな」

男子ソフトボール部を作ってしまえば無条件で全国大会に出られる。野口が持ってきた話はあまりにもオイシイ話だ。しかし、急造のチームで全国大会を戦えるわけがない。素人集団がのこのこと全国大会に出ていけば、必ずや痛い目を見る。その点については澤山先生のほうがちゃんと先を見越している。

野口がふいに足を止めた。その全身は夕日で真っ赤に染められていた。赤く染められた頬をゆるませて、野口は穏やかに言った。

「そんなのやってみらんとわからんやろ」

海風が野口のやや長い髪を揺らした。

やってみらんとわからん。

その言葉は不思議と説得力があって、ぼくの心を揺さぶった。

野口が根拠もない自信を胸に前進し続けられるのは、そうした精神があるからなのか。だから、多くの人間を巻き込んでいけるのかもしれない。幼いころからずっといっしょにいたけれど、今日初めてこいつを見直した気がする。

「どがんしたと?」

まじまじと見ていたら尋ねられた。

「いや、なんでもないさ」

ぼくは先に堤防の端へと走った。込み上げてくる笑いを隠しながら。


その日の夜、家をこっそりと抜け出た。母はすでに眠っている。音をさせないようにそっと自転車に乗り、路地から道へと出た。

やや気温は低いが、日増しに暖かくなってきていて夜風が気持ちいい。自転車を飛ばして駅へと向かう。目的は駅前のポストに封筒を投函するためだ。机にしまってあったジャン・ピエールのワークショップへの応募手紙を出してみようと思った。

駅にたどり着き、ポストと向き合う。本当に投函してもいいのか、最後の最後でためらう。

ジャン・ピエールに手紙を書くなんておこがましいにもほどがある。彼のもとで修行したいなんてだいそれたことを書いてしまった。佐賀の田舎に住むしょぼい高校生が、身分不相応なことをしているんじゃないか。

やはり、応募手紙は出すべきじゃない。封筒をぎゅっと握りつぶしてしまいたい衝動に駆られる。しかし、胸の中で昼間の野口の言葉が閃いた。

やってみらんとわからん。

あいつがうらやましくなる。頼もしいし、あいつみたくなってみたいと思う心がある。

やってみらんとわからん。

野口の言葉がぼくの背中を押した。

「そう、かもな」

苦笑してからうなずき、封筒を投函した。底に落ちて当たる「からん」という乾いた音が春の夜の静けさに心地よく響いた。

3

入学式は快晴だった。ぼくらは残りの三人を勧誘するために、朝から高校の正門の前に陣取った。入学式後に解散する新入生をつかまえて、勧誘するといった段取りだ。ぼくら以外にも多くの部活動が新入生勧誘のために、プラカードなどを持って待機していた。

校門そばで十五分ほど待ってみたが、なかなか男子がやってこない。式が行われた体育館から流れてくるのは、待てども待てども女子ばかりだった。

「しかしうちの高校は本当に女子ばっかいなあ」

野口が手庇《てびさし》を作って見渡す。

「そういえばさ、今年の男子って何人入ってくるんだろう」

疑問を口にすると、隣にいた大内君が例の四角メガネのブリッジを中指で押しながら教えてくれた。

「今年の男子の入学人数？　九人だってよ」

「九人！」

大内君を除いたぼくら五人はそろいもそろって素《す》っ頓狂《とんきょう》な声を上げた。

たった九人しかいないのか。その中から三人を勧誘するのは至難の業だ。九人中三人がソフトボール部に入ってくれる確率はかぎりなく低い。

「はめられたばい、澤山先生に」と野口が地団駄を踏む。

澤山先生はどうせ九人の中から三人も入部者は出ないだろうという計算があったからこそ、新入生を勧誘する猶予なんてものをくれたのだ。たしかに、はめられた。

九人中あと三人。入ってくれなければ、全国大会行きの話は頓挫する。焦りが募ってきた。それはぼくだけじゃなく、野口たち五人もみんな同じようだった。

「ここで待ってても埒《らち》が明かんばい」

野口のひと言にぼくらはうなずいて、校舎へと駆け出した。こうなったらローラー作戦だ。広範囲に探して見つけたら声をかけていく。

ぼくはたまたま自転車置き場で石岡君といっしょになった。そこへいかにもスポーツができそうな体格のいい男子生徒がやってきた。胸に新入生の証である式典用のリボンで作られた花をつけている。ぼくと石岡君は目で合図をして、その新入生に声をかけてみた。

「ねえ、ソフトボール部に入らない？」

いかにもやさしい上級生といった笑顔を作る。しかし、新入生は鼻で笑って言った。

「ソフトボールですか？　あの下から投げるソフトボールですよね？　あんなの恥ずかしくてやってられないですよ。だいいちなんで下からボールを投げなくちゃならないんですか。女子じゃあるまいし」

焦りもあったのだろう、石岡君が突然キレた。

「きさん、なんば言うとか！」

新入生に殴りかかる。ぼくは慌てて石岡君を羽交い絞めにした。

「ぼ、暴力はまずいよ、暴力は。それこそソフトボール部の話はおじゃんだよ」

「くそ！」

石岡君は怒りのやりどころを失って、そばにあった桜の木を蹴飛ばした。まだ残っていた花びらたちが盛大に散っていく。その隙に「ごめんね」と新入生を逃がしてやる。彼は振り返りつつ、走り去っていった。ぼくらふたりだけが残ると、無力感のようなものが漂ってげんなりした。

それからぼくらは二時間あまり新入生の勧誘を続けた。九人しかいないのでなかなか見つけられないし、同じ新入生に何度も遭遇するはめとなった。

再び校門に集合し、成果を報告し合う。結果はゼロ。誰も入ってくれない。

「何人に声かけた？」と松本君が訊いてくる。

「うちらは三人」とぼくは石岡君を見つつ答える。

「おれたちも三人」

みんなで話をすり合わせてみると、全員で声をかけた新入生は七人いることがわかった。つまり、誰も声をかけていない新入生があとふたりいるはずだ。しかし、あとふたり。これは厳しい。

松本君が疲れたのかへなへなと花壇を作るブロックに腰を下ろす。

「残りのふたりが入部してくれる確率ってどのくらいだ？」

「おれに訊くな」

そばにいた石岡君がいら立って噛みつく。殺伐とした空気が漂い始めている。まずい流れだ。

「まあまあ、よかよか」

そう言ったのは野口だった。にこやかに笑っている。

「なんでそんな笑ってる余裕があるんだよ」

さすがにぼくも言ってやった。野口はぼくの言葉を受け止め、うんうんと大きくうなずくと、腰に手を当てて笑顔で言った。

「みんな、あきらめんな。その残りのふたりがソフトボールば大好きかもしれんやろ」

啞然とした。みんなもぽかんと口を開けている。あまりにも前向きな姿勢すぎて、みんな怒る気さえなくしているようだった。

「それは、なかなか」と野口以外の全員が首を振った。残りのふたりが都合よくソフトボール好きだなんてあり得ない。どうしてそんな無茶な発想ができるのか、頭を割って見てやりたい。

ところがだ。ちょうどそこへ胸にリボンの花をつけた新入生が通りかかった。丸坊主の男子だ。ぼくと石岡君はまだ声をかけていない。ほかのメンバーの顔を見ると、誰も声をかけていないようだった。残りのふたりのうちの、ひとりということだ。

「あの君。ソフトボール部ば入らんと？」

野口が声をかけた。すると、丸坊主の一年は、ぱっと顔を輝かせた。

「ええ！　この高校にソフトボール部があったとですか！　うれしかです！　ぼく、中学のときにソフトボールやっとって、高校でも続けたいと思っとったとです」

その一年生は中西《なかにし》と名乗った。中西は「ちょっと待っとってください」と言うと、鞄から携帯電話を取り出した。高校では持ち込み禁止なのに大胆なやつだ。

中西は誰かを呼び出しているようだった。しばらくすると、胸にリボンの花をつけた男子がもうひとり現れた。中西の中学時代の同級生で山本《やまもと》というらしかった。

「ぼく、ソフトボール大好きです！」

山本が気をつけの姿勢で言う。なにやら中学時代につき合っていた彼女が、ソフトボール部だったらしく。よくいっしょに練習したのだそうだ。

あっという間にふたりそろってしまった。野口の言う通り、残りのふたりがソフトボール好きというあり得ない展開で。

「な？」と野口がぼくらに相づちを求める。ぼくらは呆然と目の前の出来事を見守ることしかできなかった。ただひとり野口はご満悦で、興奮しているのか空に向かって叫んだ。

「これであとひとりばい！」

無理だと思っていた九人が、とうとうあとひとりとなった。だが、最後のひとりが本当にまったく思い浮かばない。入ってくれそうな男子はこの学校にはもうひとりもいないのだ。可能性はかぎりなくゼロに近かった。


明くる日の調理実習は暗い気持ちのまま臨んだ。やっと八人そろったというのに、最後のひとりがやはりどうしても見つからない。期限も差し迫っている。このままじゃ澤山先生の計算通り、ソフトボール部の話はお流れになってしまう。

実習の準備をしながら、野口に語りかける。

「見つからないな、あとひとり」

珍しく授業に出ていた石岡君が、ぼくらのところにやってきた。きちんと白のコック帽にコックコートといういでたちなのに、どうして彼はヤンキーっぽく見えるのだろう。

「このままじゃ、なにもしてないのに廃部ばい」

石岡君が眉間に深いしわを寄せる。打開策が見えない。なにかうまい手はないものだろうか。

考えれば考えるほど、頭痛がしてくる。だが、野口はまたもや朗らかに笑って、あっけらかんと言った。

「まあまあ、よかよか。きっとなんとかなるばい」

その余裕をかました態度に、むっときた。

「でもさ、タイムリミットはもうぎりぎりなんだよ。うちの学校の男子全員に声かけて、全員に断られてるんだ。さすがにもう駄目だろう」

「そがんとわからんやろう」と野口は落ち着いた声で言う。「なにか奇跡的なことが起こるかもしれんし」

すかさず石岡君が答えた。

「奇跡的？　そんなん、なかなか。ありえんばい」

ぼくもおおいにうなずいた。

そのとき、がらりと実習室のドアが開いた。やはりコックコートに身を包んだ菊池先生が入ってくる。

「ごめんね、みんな。ちょっと遅れちゃって」

今日も菊池先生はきれいだな、なんて見惚れかかったとき、先生に続いて大男が教室に入ってきた。しかも日本人じゃない。褐色の肌をしていて、どこかで見たことがある。

「最近メジャーリーグから日本に来た助っ人外国人そっくりばい」

石岡君の言葉にぼくはこれまたおおいにうなずいた。今年プロ野球チームに加入した話題の助っ人外国人とそっくりなのだ。もともとドミニカ共和国出身で、一シーズン五十本のホームランが期待されているメジャーリーガーだ。

「紹介します。アメリカから来た交換留学生のビクター・ロドリゲス君よ」

ロドリゲス君が大物感の漂う笑みで、ぼくらをゆっくりと見回した。その風格はまさにメジャーリーガーだった。

「ハイ、エブリバディ。アイム・ロドリゲス。ミナサント、オトモダチニ、ナリタイデース。ナカヨクシテクダサーイ」

奇跡が本当に起きたと思った。ソフトボール部の九人目はロドリゲス君で決定だ。こちらこそぜひとも、オトモダチニ、ナリタイデース。

横を見ると、野口が神々しいものを見るかのように、ロドリゲス君を見つめていた。もちろんぼくらは実習が終わるなりすぐにソフトボール部に勧誘した。彼は喜んで入部してくれたというわけだ。

昼休み、ロドリゲス君を加えた九人で職員室へ向かった。廊下を九人で悠然と歩く。先頭は野口だ。そのすぐ後ろをぼくが行く。

やってみらんとわからん。

本当だな、と思ってにやついてしまう。九人集めるのなんて絶対に無理だと思ったのに、いまこうして見事に九人がそろった。そして、この九人ならばなにかとんでもないことができるんじゃないかという高揚感があった。奇跡的に集まった九人。いわば奇跡の九人って感じがするのだ。

職員室のドアを開ける。ぼくらはそろってどかどかと入った。

「失礼しまーす！」

机でお茶を飲んでいた澤山先生が目を丸くした。ぼくらの奇跡を目の当たりにして、いや、先生にとっては悪夢を目の当たりにして、魂が抜けかかっていた。

「先生、九人そろったばい！」

野口が叫ぶ。澤山先生はがくっと机に突っ伏した。

放課後さっそく練習が始まった。場所は校庭のグラウンド、といきたいところだったが、もともとある女子ソフトボール部が使用しているために、ぼくらは校舎から一キロも離れた第二グラウンドを使用することになった。

移動してみて驚いた。グラウンドとは名ばかりで、雑草が生え放題の空き地みたいなところだった。バックネットやベンチは一応あるが、ネットは穴だらけだし、ベンチの椅子は古くて座ったらひっくり返った。

前途多難だぞ、と舌を巻きながらも、気を取り直してキャッチボールを始める。ところがまた問題が噴出した。グローブやバットは澤山先生が用意してくれたのだが、これらは体育の授業用のおさがりであって、しかもその中でいちばんひどいものたちを持ってきたようで、グローブの革はくたくただし、においを嗅いだら猛烈な汗のにおいがした。

「ぼ、ぼろぼろだね」

キャッチボールの相手である野口にグローブを掲げて見せる。

「気にするな、鬼塚。弘法は筆を選ばずって言うばい」

たしか優れた人物は道具を選ばない、という諺だった。

「けど、おれたち弘法大師じゃないじゃん」

「じゃあ、なおさらこのくらいのグローブでよかやろ。最初からすばらしいグローブ使ってもしょうがなか」

屁理屈で野口に敵う日が来るのだろうか。

「がばいボールでかかあ」

石岡君が松本君にボールを投げながら言う。たしかにボールはでかい。

いままで軟式野球のボールなら投げたことがある。あれがミカンだとすると、ソフトボールはグレープフルーツだ。ボールがでかいので、グローブも大きい。

ボールをキャッチするポケットの部分も、普通のグローブよりも深く作られているようだった。

野口がボールを投げてくる。ボールが大きいために、キャッチしたときの反動や衝撃が大きい。勢いでグローブが後ろに持っていかれる。すぐさま投げ返したが、やはりボールは重くてスピードは出づらい。

「なんだ、みんな意外とうまいじゃないか」

松本君が感心する。そう言う松本君もかなり上手で、石岡君の胸元にいい球を投げている。受ける石岡君も運動神経がいいようで、さっと捕ってはすぐさま投げ返す。ふたりは小気味よいキャッチボールを繰り広げていた。

ぼくのキャッチボールの相手である野口も上手だ。幼いころから運動は得意だった。中西は中学でソフトボール部だったから文句なしにうまい。彼はコーチ的な役割をこなすことになっている。また、その相手をしている山本もなかなかだ。

寄せ集めのメンバーとばかり考えていたけれど、けっこう期待できるんじゃないだろうか。

「女子マネージャーはどうしたんですか、女子マネージャーは」

不満たらたらの声が飛び込んできた。声の主は大内君だ。草薙さん目当てで入ってきたのに、彼女がいないから不審に思っているらしい。だがそもそも草薙さんはマネージャーでもなんでもない。野口がそう呼んでいるだけで、大内君は勘違いして入部を決めた。かわいそうだが、ご苦労なこった。勘違いがこのまま解けないことを祈る。

「おりゃあ」

声を裏返して大内君が田中君にボールを投げた。その投げ方がひどい。体を開き、体重移動もなく、手首のスナップを使うこともなく、腕だけで投げている。いわゆる「女投げ」というやつだ。

大内君の投げ方を見ていた石岡君が、ボールを強く握って手を震わせている。

「おれ、大内みたいな投げ方するやつ見ると、ぶっとばしたくなってくるばいね」

その大内君が山なりのボールを投げた。相手の田中君までボールは届かない。

力がないのだ。ボールはバウンドしたあと、田中君のところまでコロコロと転がった。田中君は太りすぎておなかがつかえたのか、その遅いボールをトンネルした。

「チームの足手まといは確実にあのふたりだな」

松本君が冷ややかに言う。

「大丈夫、大丈夫」と野口が豪快に笑った。「うちには強力な助っ人外国人がおるけんね！」

ぼくら四人はキャッチボールを中断して、ウォームアップをしていたロドリゲス君を呼んだ。松本君が彼とキャッチボールをすることになる。

しばらくロドリゲス君と松本君のキャッチボールを見守る。その惨状にぼくらは声を失った。

ロドリゲス君は松本君のボールを一球も捕れないのだ。ふんわりとしたボールを投げてやっても、目測を誤ってキャッチできない。なんとかグローブの中に入っても、ぽろりとこぼした。慌てて拾っての返球もひどい。大内君と変わらぬ

「女投げ」だった。

「ロ、ロドリゲス君。もしかして野球やるの初めてかな？」

石岡君が作り笑いで尋ねる。ロドリゲスは両手を広げて笑顔で答えた。

「ミナサント、オトモダチニ、ナリタイデース。ナカヨクシテクダサーイ」

「日本語、通じてねえよ……」

「見かけと名前は見事なまでにメジャーリーガーなのにな」と松本君がキャッチボールを切り上げて、ため息をつく。

どうするんだよ、と野口を見た。やはりぼくらは寄せ集めの集団にすぎないじゃないか。

野口は速球を投げ込んできた。かなり速いボールだ。なんとかキャッチすると、爽やかに言いやがった。

「鬼塚！　見えてきたな、全国大会！」

「どこがだよ……」

部を立ち上げさえすれば全国大会に行ける。そのはずなのに、全国大会が遠のいたように感じるのは気のせいだろうか。もしも全国大会に行くのに、一時審査みたいなものがあったら、ぼくらは確実に落ちる気がするんだけれど。

明くる日、練習に行くと澤山先生がすでにグラウンドに来ていた。いっしょに小太りのおばちゃんがいる。ソフトボール部員の誰かの母親だろうか。そのくらいの年齢に見える。パーマ頭で割ぽう着を着ている。スーパーマーケットでお買い物をしてその帰り、といったいでたちだった。

いぶかしみつつ澤山先生のもとへ行く。先生は恭《うやうや》しく小太りのおばちゃんを紹介してくれた。

「今日は吉田さんに来ていただいたから」

吉田さん？　どこの誰だろう。首をひねっていると、澤山先生が吉田さんにボールとグローブを渡した。吉田さんはピッチャープレートへと歩いていく。ソフトボールには野球のようなマウンドはない。吉田さんはピッチャープレートまで行き、足を引っかけてその引っかかり具合を調べている。そのしぐさはピッチャ

「もしかして、吉田さんが投げるんですか」と澤山先生に尋ねる。

「もちろん」

吉田さんが屈伸を開始した。そのあと右肩をぐるぐると回してほぐす。きっとママさんソフトボールの選手なのだろう。

「先生、おれたちのこと、なめとるやろ」と石岡君が抗議する。「おれ、こう見えても中学一年の夏まで野球部やったとよ」

「御託《ごたく》はいいからバッターボックスに入れ」

澤山先生の言葉に石岡君がむっとしたのがわかった。バットを握ると右バッターボックスに入った。澤山先生がキャッチャーを務めることになった。

吉田さんが前屈みになった。前に出していた左足を踏み出してくる。ボールを持った右手が後ろへと掲げられた、と思ったらおそろしく速く腕を回転させた。下から投げているはずなのに剛速球がやってきて、あっという間に澤山先生のキャッチャーミットに納まった。

ーそのものだ。

速い。馬鹿みたいに速い。ボールが大きいから迫力があるし、球筋は浮き上がってくるようだった。

「は、速ええ！」

石岡君が叫ぶ。目を白黒させている。

その後、果敢に剛速球に挑んだが、石岡君はあえなく三球三振に倒れた。ボールにかすりさえしなかった。

続けて松本君がチャレンジする。あっという間に三球三振となる。野口も三振に倒れ、経験者の中西まで三振となる。

いよいよぼくの番となった。

「よろしくお願いします」

もはや謙虚な気持ちなってバッターボックスに入る。ピッチャーと向かい合ってみてわかったが、ソフトボールは野球よりもピッチャーとの距離が近かった。

吉田さんが第一球を投げてくる。距離が近いために、ピッチャーの指からボールが離れた、と思った瞬間にはキャッチャーミットが高らかに鳴っていた。バットを振る暇さえない。

第二球、とにかくバットを振ってみた。だが、かすりもしない。それにあまりのスピードボールに体が逃げてしまった。

ソフトボールはとにかく体感速度が速い。バッティングセンターの百五十キロのボールよりも速く感じる。

第三球、まったく同じコースのストレートなのに空振りしてしまった。いままであんな地面すれすれのところから速いボールを投げられたことがない。浮き上がってくるボールにバットを合わせたことがないから、うまく打てないのだ。

結局、三球三振で完敗だった。実際にバッターボックスに立ってわかったことは、ソフトボールはピッチャー優位の競技かもしれないということだ。これは奥が深い。そして、難しい。

ぼくらがすべて三振に切って取られると、澤山先生が高笑いした。

「わかったか、おまえら。これがおまえらの実力だ。全国に出て恥をかきたくなかったら、いますぐやめちまえ！　世の中はな、そんなに甘くねえんだよ！」

なぜ吉田さんを連れてきたのか、その理由がわかった。澤山先生はソフトボール部の顧問をやりたくないために、わざわざすごいピッチャーを連れてきて、あきらめさせようと思ったわけか。

その狙いは功を奏したと言っていい。ぼくらソフトボール部の面々は、意気消沈してうつむいてしまったからだ。

澤山先生と吉田さんが帰ったあと、ぼくらは早々に練習を切り上げた。そのまま解散しづらくて、高校のそばのカルチャー焼きのお店に立ち寄った。

カルチャー焼きとは関東では今川焼き、関西では回転焼きと呼ばれるあの形と生地の中に、従来の餡子《あんこ》以外の具まで入れた食べ物だ。チーズにカレーにたこ焼きに餃子にとなんでも入れる。ぼくは高校に入って初めて食べたのだけれど、これがまたおいしい。お勧めはピザとベーコンだ。おやつに最適で、学校帰りに立ち寄れば、だいたいいつもうちの高校の生徒が店内の席に座っている。

「だよな……」

石岡君が餃子の入ったカルチャー焼きを食べながらうなだれた。吉田さんの球を打てなくて、すっかり落ち込んでいた。そもそも中学一年の夏までしか野球部にいなかったのに、自信があったほうがおかしいのだけれど。

「全国大会に出てくるピッチャーは、あれより速いボール投げるらしいよ」

卵入りを食べる松本君がげっそりといったふうに言う。

先ほどの吉田さんよりも速いピッチャーを相手にしなくてはいけないのか。もっと速いボールなんて想像すらできない。澤山先生の言う通り、世の中甘くはないということだ。

「なんでおまえも三振なん？　経験者やろ」と山本が中西に訊く。

「去年の夏から全然練習しとらんけん」

中西は山本を睨みつけた。

吉田さんに叩き潰されて、みんないじけきっていた。それはぼくも同じだ。ぼくらが全国大会にのこのこと出ていっていいはずがない。絶対に恥をかくことになる。

「ところで女子マネージャーはどうしたの」

大内君が不服げに言う。まだ言っていやがる。いらいらしていたぼくは、意地悪な気持ちを抑えきれずに言ってしまった。

「そんなのいないよ。野口が勝手に草薙さんのことマネージャー呼ばわりしてるだけなんだから」

「えーっ！」

お店の人がこちらを見るほど大内君が大きな声を出す。石岡君が大内君の座っている椅子の足を蹴っ飛ばした。

「そがんことはいまどうでもよかやろ！」

「いや、大問題だよ」

食い下がる大内君に、石岡君は拳を振り上げるふりをして黙らせた。それからゆっくりと立ち上がると、さばさばと言った。

「澤山の言う通りばい。恥かかないうちにやめたほうが、よかなかか？」

「正直、ソフトボールってかっこ悪いしな」と松本君が続いた。

「男がソフトボールってちょっと恥ずかしかですよね」と山本。

その言葉にぼくは心の中でうなずきかかった。いや、実際に一センチくらいうなずいていたかもしれない。

だが、野口の怒声でびくりと固まった。

「馬鹿野郎！」

野口が勢いよく立ち上がった。拳を握って震わせている。

「自分のやっていることを恥ずかしいと思っていることこそ、いちばん恥ずかしかばい！」

はっとした。石岡君が目を伏せる。松本君は奥歯をぐっと噛み締めている。みんな恥ずかしそうな表情となっている。野口はかまわずにまくし立てた。

「なんが恥かかないうちにやめたほうがいいとか。おまえら悔しくなかとか？負け犬のまま終わりと？　こうして九人集まったけぇによ、こがんことなかったらまったく話さんまま高校生活を終えていた九人が、こがんして集まったけぇによ！」

すべて言い終えると、野口は勢いよくカルチャー焼き屋を飛び出していった。

みんな雷に打たれたみたいに硬直していた。

追わなくちゃ、と立ち上がる。店を出て通りを見たが野口の姿はない。たしか今日あいつは自分の自転車で学校へ来ていた。ということは、行きそうなところはただひとつ。海に向かってぼくは自分の自転車を走らせた。


小さいころより野口は海を眺めるのが好きだった。有明海は潮の干満の差が大きい。最大で六メートルあると言われている。海に行く時刻によってまったく違う顔を見せてくれる。その変わりようが好きだという。

海にたどり着き、堤防に行くとやはり野口の姿があった。野口は堤防に腰かけ、足をぶらぶらさせながら海を眺めていた。ぼくはそっと近づき、その背中に向かって話しかけた。

「おまえが言ってたこと正しいよ。自分のやっていることを恥ずかしいと思うほうが、恥ずかしいよな」

顔を見合わせていないから、照れくさいことでも言える。それに大切なことを気づかせてくれた野口だからこそ、ぼくも正直な気持ちを打ち明けることができる。

この時間の海は徐々に潮が満ち始めていた。まだ海水は少ない。一面に広がる干潟に大きな水溜りがたくさん散らばっている。感傷的な気分にさせる夕暮れどきの光景だった。

だが、そんなぼくの感傷的な気分を野口は思わぬ言葉でぶち壊した。

「あーあ、ほかになかかかな、全国大会に行けるスポーツ」

「へ?」

間抜けな声が出てしまった。

「だけん、ほかに全国大会に簡単に行けるスポーツはなかかなって」

「おい、ソフトボールはどうしたんだよ。さっきみんなの前で啖呵《たんか》切ってみせたじゃないか」

野口は立ち上がって尻の汚れを払った。飄々と言ってのける。

「だってやっぱ恥ずかしけんね、ソフトボール。なんで下からボールを投げんといかんと？　わけわからん。やめやめ！　ソフトボールなんてくだらんばい」

いったいこいつは何度周りの人間を唖然とさせれば気がすむのだろう。もう腹も立たない。そういえば昔からこいつはこういうやつだった。はっきりと思い出した。言い出しっぺで他人を巻き込んでおきながら、いちばんに嫌気が差して投げ出してしまう。言い出しっぺにして、一抜けする男。幼いころ、ぼくはよく尻拭いをさせられたものだった。

それは小学校三年生のときに佐賀空港に行ったときからすでにそうだった。

せっかく計画を立て、予定通り出発したというのに、野口は五キロほど走ったところで、簡単にギブアップした。雰囲気が悪くなるのを危惧したぼくは、ほかのクラスメイトを納得させるために泥をかぶり、朝に食べたアイスキャンディーのせいで腹を壊したから帰りたい、といった嘘までついた。

「思い出したよ、おまえの性格。あいかわらずあきらめんのが早いんだから」

「なんか、なかかなあ、ほかのスポーツ」

野口はぼくの言葉が聞こえていないのか、ぼんやりと言う。あまりのちゃらんぽらんかげんに、めまいを覚えた。

叱るほどの熱意はない。だからといって黙って見過ごすわけにもいかない。

「なあ、野口。それはちょっといいかげんすぎるんじゃないのか。みんなを集めといてさ」

「へ？」

「さっきカルチャー焼き屋での演説はなんだったんだよ」

「しょうがなか。勢いで言ってしもうたけん」

「まったく口ばっかり調子いいんだから。みんなもしかして反省してやる気出してるかもしれないだろ」

「それは、なかなか」野口は笑って首を振った。「だいたいあんなこと言ったぐらいで、みんな急にやる気出たりせんけん」

野口は海に向き直って、大きく伸びを打った。自分がしたことなど、まったく省みていない。ソフトボール部のメンバーを集めて、全国大会に向けて走り出す体制が整ったときは野口のことを見直したけれど、あれは早合点だったろうか。

やっぱり野口は野口でしかないのだろうか。思いつきで行動して、みんなを巻き込むだけで。


明くる日、野口を無理やり連れてグラウンドへ向かった。途中でソフトボール部を投げ出すのはいけないと思ったし、やめるのならばやめると明言しなくてはいけないはずだからだ。やっぱりけじめは必要だ。

野口はグラウンドへ行くのを渋った。どうせ前日のショックで練習など来るはずがないと言い張った。

ところが、グラウンドが近づくにつれ、金属バットがボールを打つ快音がはっきりと聞こえるようになってくる。グローブが捕球するときの革の乾いた音も届いてきた。「よっしゃこーい」とか「もういっちょ」などと気合いを入れる声まで聞こえてきた。

恐る恐るグラウンドを覗くと、ぼくと野口を除く七人のメンバーが猛練習をしていた。みんな昨日とは目の色が違う。体育会系の練習風景が繰り広げられていた。

石岡君がピッチャーとしてボールを投げていた。バッターボックスに立つのは大内君だ。大内君が無様なスイングで空振りすると、石岡君が咆えた。

「馬鹿野郎！　一度くらいボールに当ててみろ。負け犬のまま終わりでよかとか！」

どこかで聞いたことのある台詞だ。「負け犬のままで終わりで」とかなんとか。

「もういっちょ！」

空振りした大内君も燃えている。

ネット裏では田中君が素振りをしていた。それを松本君がチェックしながら咆えた。

「せっかく集まったんだぞ。こんなことがなかったらまったく話さないまま高校生活を終えていた九人がよ！」

「あらら」と声が漏れた。

どうやら昨日の野口の言葉は、みんなの心を焚《た》きつけてしまったようだった。

みんなが単純なのか、それとも野口の口車が天才的なのか。

外野の隅では中西が山本にノックしていた。打球音が響き、ゴロが山本を襲う。低くて速いゴロだ。山本はボールをグローブに当てて弾いた。そのときフェンスの外で笑い声が起こった。うちの高校の制服を着た女子が数人、フェンスに張りついていた。帰りがけにたまたま通りかかったのかもしれない。

笑われた山本が恥ずかしそうにうつむく。そらしたボールを追おうともしない。すると中西が叫んだ。

「顔を上げろ、山本！　自分のやっていることをな、恥ずかしいと思っていることがいちばん恥ずかしいんだ！」

「どうすんだよ」と隣の野口をつつく。困惑するかと思ったが、野口は笑顔となってみんなのところに走っていった。またやる気を取り戻したらしい。いったいどうなっているんだ、あいつは。

みんなが野口を笑顔で取り囲む。「おれたち間違ってたよ」とか「全国大会みんなで行こうぜ」なんて騒いでいる。結局、丸く収まったというわけか。あんなちゃらんぽらんな野口なのに。

丸く収まったけれども、いまひとつ解《げ》せない。野口のことを心配したり、けじめをつけなくちゃと気を回したりしたのが、どこか馬鹿馬鹿しい。

ジャージに着替えるためにネット裏に行く。すっきりしない心持ちのままうつむいて歩いていたら、このグラウンドに似つかわしくないほっそりとした女性の足があった。顔を上げる。そこには太陽の笑顔があった。

「く、草薙さん」

草薙さんはソフトボール部の面々が野口を取り囲む様子を、微笑ましそうに眺めながら言った。

「いつのまにか、みんなついていくとよねえ」

野口のことを言っているんだとわかった。たしかにあいつの影響力はすごい。ちゃらんぽらんなのに人を感化させてしまうのもすごい。ぼくだってあいつに背中を押されて、ジャン・ピエールに手紙を書くことができた。

ぼくらはネット裏から野口たちのはしゃぎぶりを見守った。

「本人はいたっていいかげんなのに、人を惹きつけるなにかを持っておるとよね、野口君ってさ」

そう話す草薙さんの横顔をそっと盗み見た。急にぼくは悲しくなった。草薙さんは恋する乙女の瞳をしていた。その瞳の先には野口の姿があった。

以前、服飾デザイン科の教室で呼び止められたことがあった。あれは野口とのあいだを取り持ってほしくて、その相談のために声をかけてきたのではないだろうか。幼なじみのぼくなら取り持ってくれると考えたのではないのだろうか。

切ない気持ちになりながら、すべてぼくの思い過ごしであってほしいと願う。

そこへ野口がやってきた。草薙さんを見つけるなり、片眉を上げて言い放った。

「なんだ、馬鹿女。部外者が勝手にグラウンドに入ってくんな」

草薙さんがむっとした顔となる。言い返すかと思ったが、ベンチへと走っていった。すぐさま紙の手提げ袋を持って戻ってくる。彼女といっしょにやってくる女子もいた。たしか服飾デザイン科の八嶋《やしま》さんだ。

「マネージャーのわたしたちに部外者とはなんね！」

走ってきた勢いのままに、草薙さんは紙の手提げ袋を野口の顔に叩きつけた。

「な、なんばしよっと」

「中を見てみんしゃい」

野口はむすっとしつつ紙袋を開けた。中から水色の布のようなものを取り出す。野口はそっと広げてみせた。それは鮮やかな水色をしたユニホームだった。袖と首周りに白のラインが入っていてかっこいい。

「わたしたちマネージャーがデザインして発注したとよ」

「すごいね。かっこいいよ」と褒めると、草薙さんはうれしそうに八嶋さんを手招きした。

「これからは八嶋さんも協力してくれるけんね。彼女のこともよろしくね、鬼塚君」

八嶋さんがぼくのすぐ目の前までやってきた。背が低くて顔は小さい。童顔でちょっとむっちりしている。草薙さんとモデル体型とすると、八嶋さんはグラビアアイドル体型と言えた。

「よろしく」

微笑んで会釈をする。だが、八嶋さんはにこりともせずに、ぼくの腰のあたりを指差した。冷たい口調でぼそりと言った。

「最低」

いきなり最低だなんて言われて怯んだ。なにが最低なのだろう、と慌てて自分の腰のあたりを見る。制服のズボンからシャツがはみ出ていた。先ほどジャージに着替えようとして脱ぎかけたときに出てしまったのだろう。これはかっこ悪い。たしかに最低だ。ぼくは慌ててシャツを入れた。

「おーい、みんなー」

野口がほかのメンバーを呼んだ。まだ背番号の入っていないユニホームを、ひとりひとり渡していく。全員でそろって着てみることとなった。

着替えてから、グラウンドに集合する。ユニホームの水色はこの街の空の青とそっくりだった。

「かっこよかよ、これ」

強面《こわもて》の石岡君が子供のように目を細めて笑う。驚いたのは太った田中君までユニホームがぴったりだったことだ。さすが服飾デザイン科のふたりだ。

九人で横一列に並んでみた。草薙さんと八嶋さんのふたりが、満足げに正面から眺める。

「ユニホームがそろっただけで、強くなった気がするばい」

石岡君が言う。みんなそろってうなずく。ぼくも気分が高ぶってきた。みんなにまとまりもできてきている。チームがいい状態になっているのがわかる。なにより今日からは草薙さんがマネージャーとして見守ってくれる。

彼女がどれだけ野口のことを思っているかはわからない。もしかしたら、ソフトボールでぼくが活躍すれば、こちらに振り向いてくれる可能性もあるかもしれない。その可能性に賭けてみようとぼくは思った。

# 4

練習を終えてへとへとになって家路に着く。毎日練習は日没まで。中西の指導のもと、練習メニューが組み立てられ、顧問となった澤山先生が顔を出すとさらに厳しさは増した。

ふらふらしながら自転車を漕ぎ、なんとか家に帰り着く。いつも通り店内を通って二階に上がろうと思ったが、郵便局のバイクが玄関の前に停まっていた。配達物があるようだ。

玄関に向かい、郵便受けを開けるとエアメールが入っていた。ぴんとくる。うちにエアメールを送ってくる知人なんてまずいない。これはジャン・ピエールからだ。

そっとエアメールを抜き、名前を確かめる。やはりジャン・ピエールからだった。はやる心を抑えつつ、エアメールを手に二階に上がる。封を切り、辞書を引きながら訳してみた。すると、こんなことが書いてあった。

〈手紙、読みました。東京のスタッフがフランスまで転送してくれたのです。ご存知の通り、この夏わたしは東京でワークショップを開催します。基本的に参加はすでにシェフとして働いている者のみなのですが、特別に高校生のあなたも参加してみませんか。東京のスタッフに話は通してあります〉

喜びのあまり、ぼくは飛び上がった。あの巨匠ジャン・ピエールが直々にぼくを誘ってくれている。ぼくのために口利きまでしてくれている。どきどきして、妄想が膨らむ。もしかしたら、ワークショップで目をかけてもらえるかもしれない。気に入られたら、フランス行きが決まったりするかもしれない。

ぼくにも未来が開けた。うれしくてわけのわからぬ踊りをひとしきりベッドの上で踊った。夢じゃないかと思って頬をつねり、何度も手紙を読み返した。

誰かにこの喜びを伝えたい。でも、頭に浮かんだのは一階の厨房で働いている母の顔だった。

とんとん拍子にうまくいった場合、母をひとりこの街に置いて離れることになる。自分の夢を追えば、母を寂しい目にあわすことになる。

喜びと後ろめたさがない交ぜになって落ち着かなくなった。いま母にどんな顔で会ったらいいのかわからない。ぼくはそっと家を抜け出た。

ぶらぶらと夜の街を自転車で流す。同い年の多くのやつらは、足かせもなしに自分の夢へと突き進むことができる。うらやましくもあるけれど、それ以上に母を足かせと感じる自分がいやになる。

きっと母はぼくがやりたいように、望んだように生きていいよ、と言ってくれるだろう。母はやさしい。ぼくがしたいようにさせてくれる。それが母の教育方針でもあった。

でも、ぼくがフランス行きを望んだら、必ずや母はかねてより描いていた希望を捨て去ることになる。父が残したあの幸楽園をぼくが継ぐといった希望を、ぼくに悟られないようにそっと捨て去るだろう。

母の希望を踏みにじってまでぼくはフランスに行きたいのだろうか。ジャン・ピエールのもとで修行したいという夢は立派なもののはずなのに、どうしても心暗いものがつきまとう。

公園の前で自転車を停め、自販機で缶ジュースを買った。ベンチに座ってひと息つくと、聞き覚えのある声が聞こえてきた。

「ねえ、お兄。返してくださいっすよ」

立ち上がって生垣の向こうを見る。砂場に石岡君がいた。彼の周りには三人の男の影があった。公園灯に照らし出されて、そのうちのひとりの顔が見える。石岡君そっくりだ。たしかさっき「お兄」と言っていた。石岡君の兄なのだろう。

「おまえ、なんか？　ソフトボールとか、やっとっとか」

その兄が石岡君を睨みつける。二十歳くらいだろうか。石岡君に輪をかけて柄を悪くしたような印象だ。髪の毛が金髪で、ボンタンをはいている。まさに典型的なヤンキーだ。残りのふたりはきっと石岡兄の仲間なのだろう。三人とも同じような格好をしている。

「返してくださいっすよ」

石岡君が情けない声を上げる。よく見ると、石岡兄の手にはうちのソフトボール部のユニホームがあった。取り上げられてしまったということか。

「ださかユニホームばい」

石岡兄が悪態をつく。

「がばい、ださかね」と残りのふたりが笑う。

「お兄、返してくださいっすよ」

懇願しつつ石岡君がユニホームに手を伸ばす。だが、ユニホームはもうひとりのヤンキーへとパスされ、次にまた石岡兄へとパスされた。三対一のバスケットボールみたいな状況だった。

意外な光景だった。彼はいじめられているのだ。学校では誰にでも噛みつきそうな態度で過ごしている彼が、こんなにも情けない姿をさらしているなんて。

水色のユニホームがパスされて宙を舞う。それを目で追っていると、石岡兄がこちらに叫んだ。

「おまえ、なんば見よっか！」

しまった。見つかってしまった。石岡兄が睨みを利かせたままやってくる。怖くて立ちすくんでいると、つれのヤンキーふたりもやってきた。

「なんだ、おまえ」と凄まれる。

下唇が震える。必死にこらえて答えた。

「あ、あのぼくは、い、石岡君の」

「あ？　おまえ弟の友達か」

友達かどうか。一瞬、答えに詰まる。以前だったら、違うとすぐに否定しただろう。でもいまは違う。彼はチームメイトだ。最初は怖いだけだったけれどいまは少しずつコミュニケーションが取れつつある。仲間になりつつある。友達かな、と思う瞬間もある。

石岡君が走ってきた。

「やめてよ、お兄」

「おい、おまえ。友達かって訊いてんだよ！」

石岡兄が絶叫した。蹴りがぼくの腹にのめり込んだ。止めに入った石岡君は、のこりのヤンキーのふたりに殴られた。それを助けようとしたら、石岡兄に捕まって殴られた。

尻餅をつく。蹴りをいくつももらった。亀状態になって、手で頭を必死にブロックする。石岡兄は最後に思いっきりぼくの背中を踏みつけて、立ち去っていった。三台のバイクがクラクションを騒々しく鳴らしながら公園から出ていった。

蹴られた痛みに耐えていると、石岡君が四つん這いのままこちらにやってきた。そばまで来て胡坐《あぐら》をかく。彼は鼻血を流していた。シャツのボタンがちぎれ、袖は肩から千切れている。ぼくよりもひどくやられている。

「大丈夫か」と石岡君が訊いてくる。

「ま、まあね」

手の甲で口を拭ったら血がついた。最初に殴られたときに、口を切ってしまったらしい。

「友達じゃねえってすぐに言えばよかったのに」

それは言えない。少なくともぼくは友達と思い始めている。でもそんなことを口に出すのは恥ずかしい。

「びびって声が出なかったんだよ」

返事を濁して笑うと、石岡君はいとおしそうにぼくを見た。そして、寂しげに自らを嘲《あざ》笑った。

「見ての通りばい。学校じゃ態度でかくても、お兄には逆らえんばい」

学校で粋がっているのは、兄に普段虐《しいた》げられているからかもしれない。彼はなんとか取り返したユニホームをぎゅっと握りしめて立ち上がった。

「おれよぉ、学校どころかこの街に友達なんかひとりもおらんけん。野口にソフトボールやろうって誘われたとき、本当はうれしかったばい」

その気持ちはよくわかった。野口は自分勝手なやつで、自分の目的のために人に声をかける。巻き込んでいく。

それでも、声をかけてもらった人間が救われる場合がある。人と関わっていくきっかけを野口はくれるのだ。小学生のとき周囲に壁を作って孤立していたぼくに、声をかけてくれたのはあいつだけだった。あいつに巻き込まれることで、人と再び関わることができるようになったのだ。

「野口って不思議な男ばいね」

「そうだね」

「こげん馬鹿なおれにも普通に誘ってくれたけんね」

「なに考えているか、全然わからないけどね」

「まったくばい」

石岡君は噴き出して笑った。


明くる日、各ポジションが発表となった。決めたのは野口だ。このチームのキャプテンは言うまでもなくあいつだった。

「よし、ばっちりばい」

野口はそれぞれの守備位置を書いた表を澤山先生に手渡した。澤山先生はひと通り目を通してから、田中君を指差した。

「ん？　田中がショートなのか。あいつはキャッチャーじゃないのか。経験者の中西がショートのほうがいいだろう」

「いや、ショートは田中君な」

その言葉に田中君が俄然はしゃいだ。

「うれしいです！　初めてちゃんとぼくの名前を呼んでくれた！」

そう言われればそうかもしれない。田中君は太っていて目につくはずなのに、存在感が薄い。野口がなかなか名前を覚えられないのもわからないでもない。

「でもなあ」と野球経験者の澤山先生が渋った。「ショートは守備のうまいやつがやったほうが」

「大丈夫。二塁ベースから三塁ベースのあいだは、サードの中西が全部フォローしますけん」

聞いていた中西がずっこけた。

「守備範囲広さー」

「だけん、田中君はいてもいなくても大丈夫」

野口は胸を張って言う。田中君はがっくりと肩を落とした。いてもいなくてもいい扱い。せっかく名前を覚えてもらってもうれしくないだろう。

「それから山本。外野は全部センターのおまえの守備範囲やけんな」と野口。

「がばい広さー」

今度は山本がずっこける。しかし無理もない。レフトはロドリゲス君で、ライトは大内君だ。フライもゴロも取れないやつが左右を固めている。山本が頑張るしかない。

ピッチャーは石岡君で、ファーストは松本君、セカンドはぼくで、キャッチャーは野口となった。

野口が思いつきで決めたポジションだと思っていたけれど、いざグラウンドに散らばってみると、これしかないようにも思える。ただ、レフトとライトにボールが飛ばないことを祈るばかりだ。


ポジションが決まってからというもの、ぼくらはますます練習に熱がこもった。ソフトボールならではの技術は、経験者の中西に教えてもらう。

中西の前に全員で集合して、スイングのチェックをしてもらう。

「ソフトボールのバッティングのタイミングは、野球と違うとです。野球は一、二、三で打つとでしょ。ソフトボールは一、二で打つとです」

野球の場合、一でバットを引くテークバックに入る。二で前に振り始め、三でボールをとらえる。しかし、ソフトボールは体感速度が速いのでこのタイミングの取り方だと間に合わないのだそうだ。

「それならさ、ピッチャーが投げる前から、野球式の一、二、三で打てばいいんじゃないの？」

松本君が質問する。

「バッターが早くからタイミングを取り始めれば、ピッチャーはそのモーションを見てタイミングを外せるとですよ。変化球でも、スローボールでも」

「結局、ピッチャーが投球モーションに入ってからでないと、バッターも動き出せないってわけか」

ボールの体感速度が速いので、それに合わせてバッティングをコンパクトに、一、二のタイミングで振る。

頭では理解できたのだけれど、いざスイングしてみるとうまくいかない。どうしても野球式の一、二、三になってしまう。

ぼくらのうちで最もソフトボール式のスイングを苦手としたのは意外や意外、

石岡君だった。仮にも中学一年の夏まで野球部にいた男だ。野球式のスイングが体に染み込んでいて抜けないようだった。おかしな話、スポーツ全般やったことのない田中君や大内君のほうが、容易にソフトボール式のタイミングでバットを振っている。

「ほら、それは一、二、三じゃなかですか。一、二です」

うまくできない石岡君に、中西がマンツーマンでコーチをする。でも、中西は入学式に校内で携帯電話を使うような大胆なやつだ。いまいちデリケートさにも欠ける。石岡君のスイングが改善されないでいると、だんだんいらいらし始めた。

「それじゃあ、一だけです。一、二ですってば！　はい、もう一度。ああ、また一、二、三に戻ってる。はい、もう一度。ああ、もう、なんでできんとですか」

中西はあからさまなため息をついた。その瞬間、石岡君の目がぎらりと光った。

「おい、中西」

「はい？」

「おまえ、一年やろ」

「そうですけど、なにか」

中西は石岡君が必死に怒りをこらえていることに気づいていない。いわゆる空気の読めないタイプなのだ。見ているこっちのほうが、はらはらしてしまう。

「ほら、無駄口を叩いている時間なんてなかとですよ」と中西がうながす。石岡君が渋々素振りを始めたところで、中西はまたもや怒った。

「ああ、もう全然違う！」

そこで石岡君がキレた。無言で右ストレートを中西の頬に炸裂させた。倒れたその姿は、仰向けになった蛙みたいだった。慌ててふたりに割って入る。

「中西、おまえ言いすぎ」

鼻血が出ているのでマネージャーの草薙さんのところまで連れていく。鼻に詰めものをしてもらって仰向けに寝かせる。

「殴らなくてもいいじゃないですか。ねえ？」

中西が涙目で訴えてくる。

「まあまあ。本当は悪いやつじゃないからさ、あいつ」

先日の夜の公園でのことを思い返せば、悪いやつとは思えない。人づき合いの苦手な不器用なやつなのだ。寂しがりやでもある。

「本当っすか？」

「本当だよ。だからちゃんとコーチしてやってくれよ」

鼻血が止まったところで、今度は気を取り直して石岡君のピッチング練習となった。教えるのはやはり経験者の中西だ。ふたりが心配でそばで見守る。

「ソフトボールの投げ方は、ウィンドミルと呼ばれとるとです。ウィンドミルは風車って意味なんです」

中西が講釈をたれる。たしかに腕を後ろへ掲げてぐるりと下から回して投げる様子は、風車に似ている。

野口がキャッチャーとして座り、石岡君が投げた。彼は肩が強いようで、投げる球はけっこう速かった。悲しいかなコントロールがない。ボールを手から放すリリースポイントが定まらないようで、コントロールがつかないのだ。それでいて力むから、キャッチャーがジャンプしても捕れないような大暴投になったりする。

「うーん、もっと軽く投げたほうが、よかじゃなかですか。コントロールに気をつけつつ。ピッチングもタイミングは一、二ですよ。はい、一、二」

石岡君も努力しているのだが簡単には矯正できない。しばらく投げていたが、教える中西のほうが焦れてきた。

「それじゃ一、二、三じゃなかですか。一、二ですよ。あ、違う違う。全然違う！」

止めようと思ったけれど遅かった。またもや石岡君の右ストレートが放たれて、中西をノックダウンした。先ほどと同じパターンで、鼻血を流す中西を草薙さんのところへ連れていく。

「本当に悪いやつじゃなかとですか」

涙目で尋ねられた。

「た、たぶんね……」

苦笑いで答えるしかない。

ただ、最初に中西が鼻血を止めているあいだに、トイレへいったら先に石岡君が入っていた。石岡君は便器に向かいながら、「一、二」とつぶやいていた。

「一、二、一、二、一、二」

そのリズムを体に染み込ませようとしていたのだろう。中西の教えのままに努力している。悪いやつじゃないと思う。「一、二」とつぶやくたびに腰を振ってタイミングを取るので、小便の行き先が大変なことになっていたけれども。

そうした石岡君の姿勢に触発されて、ぼくは休憩時間も素振りを続けた。一、二のタイミングでバットを振る。ベンチを見ると、草薙さんと八嶋さんのマネージャーコンビがこちらを見ていた。草薙さんと目が合う。

「頑張っとね！」

草薙さんは手をメガホン代わりにして言った。

「せっかくやるなら、うまくなりたいからね」

一所懸命ソフトボールに打ち込んでいる姿を、彼女に印象づけられたんじゃないだろうか。ぼくはちょっとばかりいい気になった。

だが、休憩明けにバッティング練習で、ぼくの上気嫌はあっさりと打ち破られた。ぼくはゴロしか打てなかったのに、野口は快音を響かせた。ネットを越える特大ホームランを二本も打った。あいつは休憩時間に水飲み場で遊んでいたというのに。草薙さんも野口に目を奪われていた。

「そうなんだよな……」

小さいころから野口はなにかにつけてセンスがあった。運動でも勉強でも芸術方面でも。体育のテニスや剣道ではちょっと練習しただけで、部活動の顧問が勧誘するくらい上手になった。高校受験の勉強もろくにしていなかったのに、土壇場になって勉強をしてぼくと同じ高校に受かってしまった。料理だってぼくのほうが小さいころより家を手伝って携わってきたはずなのに、あいつは短期間で食品調理科に受かるだけの腕を身につけてしまった。

認めたくはないけれど、やはり野口は天才なのだ。要領のよさでは天下一品と言える。ただ、飽きっぽさも人並み外れていて、その道を極めるといったことにならないのだけれど。

それならばセンスのないぼくはどうしたらいいのだろう。草薙さんを振り向かせるには、どうしたらいいのだろう。

やはり、天才に勝るには努力しかない。野口より二倍、いや、三倍練習してやる。ぼくにだって意地はある。ともかく、三倍だ。みんなの三倍練習してやる。

五月に入り、朝練も始まった。放課後は太陽が沈むまで練習を続けた。澤山先生が野球式の練習方法を導入していく。ぼくらは走塁の動作や、守備の連携を教わった。

いざ顧問に就任したら澤山先生も昔の血が騒いだのか、ちゃんと面倒を見てくれた。先生のノックは強烈だ。最初は全然捕球できなかった。でも、次第にボールへの恐怖感が薄れ、キャッチできるようになってきた。

「おら、行くぞ！」

澤山先生がサードへノックする。三塁線ぎりぎりの難しくて速いゴロだ。中西は飛びついてキャッチすると、すぐさまセカンドのぼくに送球してくる。ぼくはそれをキャッチして二塁を踏み、一塁の松本君に送球した。ダブルプレーを想定したノックだ。それをぼくらはなめらかにこなすことができた。スピード感があってリズミカル。松本君のファーストミットにぼくが投げたボールが納まったとき、鳥肌が立つくらい痺れた。

「ナイス、セカンド!」

澤山先生の声が飛ぶ。スポーツをやって誇らしげな気持ちになったのは初めてだ。

休憩時間に水飲み場で行列を作っていると、松本君が上機嫌で言った。

「なんかさあ、できるんじゃないの、おれたち」

タオルで顔を拭いていた山本が笑顔で答える。

「おれ、ソフトボール大好きになってきましたよ」

みんなが口々に「おれも」と言う。

「しかも全国大会に無条件で行けますしね」と山本がにやりと笑う。

「そこよな、そこ」と石岡君が割って入る。「いきなり全国大会やもんな。やる気も出るってもんばい」

「ところで、全国大会っていつなの」

田中君が尋ねる。誰からも答えが返ってこない。

「いつだっけ、野口」とぼくは訊いてみた。

「さあ、いつやったろうか」

忘れてしまったらしい。いいかげんなやつだ。

「じゃあ、わたしたちが調べてきてあげるけん」

草薙さんが八嶋さんに目配せしながら言う。八嶋さんもうなずいた。結局、彼女たちに頼むこととなった。八嶋さんは学校のそばに住んでいるらしく、彼女の家のパソコンで調べてきてくれることになった。

太陽が落ちて練習が終わる時間になっても、草薙さんと八嶋さんは戻ってこなかった。全国大会の日程を調べるだけなのに、なぜこんなにも遅いのだろう。

不思議に思っていると、ぼくらが着替え終えたころに、ふたりはやってきた。

「あのね」と草薙さんが言いにくそうに切り出したが、またすぐに黙ってしまった。

「どうしたの」

心配して声をかける。

「全国大会の日程を調べたんやけど、その前に試合があるけん」

「試合？」

「ええとね、つまり、うちらの高校が無条件で全国大会に行けるわけじゃなかとよね」

「ごめん、言っている意味がよくわからんばい」と石岡君が目をぱちくりさせる。

「これ」と草薙さんはプリントアウトしてきた紙をぼくらに示した。「だけん、佐賀には男子ソフトボール部はうち一校だけやから、公平を期すために全国大会の前に大分代表の高校と、大分・佐賀地区決定戦があるとよ」

みんなの視線がいっせいに野口に集まった。部さえ結成すれば全国大会と煽ってきたのは嘘だったのだろうか。野口は購買部で買い置きしておいたらしいアンパンを頬張ったまま固まっていた。

「てめえ、この野郎！」

石岡君が野口の胸倉をつかんだ。ぶん殴りそうな勢いだったから慌てて割って入る。

「ちょっと待ってよ、石岡君」

必死にふたりを引き離す。しかし、不満はほかのメンバーからも紛糾した。

「いったいどういうことなんだよ、野口」と松本君が詰め寄る。

「なにもしないで全国大会が合言葉じゃなかったんですか」と山本。

みんな野口をグラウンド隅の金網まで追い込んだ。石岡君が一歩前に出て吼えた。

「おい、野口。おれたちを騙したんか！」

八嶋さんがおずおずと告げる。

「あの、ちなみに大分代表は、去年全国大会で準優勝しとるから……」

「そんなのにおれたちが勝てるわけないじゃないですか」

山本が嘆く。石岡君は野口の顔を下から覗き込み、睨みつけた。

「なんか言えよ、野口！」

さすがに野口は固まっていた。いままでうまいこととみんなを引っ張ってきたけれど、今回ばかりは言い逃れできないだろう。助け舟を出そうか迷う。謝ってしまえ、と言ってやろうかと思った。

しかし、野口は予想だにしなかったことを言った。表情を崩さすに淡々と言う。

「おれは知っとったばい、そがんことは最初から」

「え？」

みんな声をそろえて訊き返した。

「なんもせんで全国大会。そんな甘い話ば世の中にあると思うとっとか？」

「おまえが言ったんだよ！」

石岡君が野口の顔のすぐ前で叫んだ。だが、野口は動じない。真剣な表情で言い返してきた。

「そがん言わなければ、おまえたちソフトボールをする気にならなかったとやろ？　違うと？　全国大会に無条件で出られる。そのモチベーションがあったおかげで、見ろよ、おれたちみんなうまくなったとやろ。みんなソフトボールを好きになってきたとやろ!」

野口はいっきに言いきると、ぼくらを残してグラウンドを出ていった。誰も追わないし、なにも言わない。みんな野口に言われた言葉を噛み締めているようだった。きっとみんなこう考えているのだろう。

甘い言葉にそそのかされて、その気になっていた自分が恥ずかしい、と。

しかし、ぼくはもう騙されない。幼なじみのあいつにさすがに免疫ができている。今日もいっしょだ。前回カルチャー焼き屋で演説をかまして、窮地を脱したときといっしょ。

ぼくは野口を追ってグラウンドを出た。日が落ちて空はすでに暗い。家々には明かりが灯り、夕飯の支度をしているのかいいにおいが漂ってきている。

しばらく歩き、駅の手前で野口に追いついた。

「おい、野口」と声をかける。振り向いたあいつに言ってやった。

「さっきみんなに言ったこと、嘘だろ」

野口は真面目な顔でぼくを見ていたが、ちろりと舌を出した。胸を撫でながら言う。

「いやあ、マジびびった。マジ知らんかった。地区代表決定戦のこと最初から知っとったらソフトボールなんてやっとらんけん」

「やっぱり……」

その場しのぎでもっともらしいことを言ってみせただけだったか。

すぐ突っ走るくせに、どうも脇が甘い。ろくに下調べもしない。だからこういう事態になるのだ。

「まあ、これでみんなもあきらめるやろ。よかやなかか、恥かかんですんだけん」

野口は晴れやかに笑った。

「そうかなあ」

ぼくは意地悪に笑ってやった。野口は怪訝そうに首をかしげる。

幼いころから野口を知っているぼくはいい。けれど、こいつのちゃらんぽらんさを知らないみんなは、先ほどの言葉を真に受けているに違いない。それにみんなちょっと単純なところがある。またもや野口に感化されているんじゃないだろうか。

「おーい、野口!」と遠くから呼ぶ声がした。

振り返るとソフトボール部のみんなが走ってきていた。口々に言っている。

「野口、おまえの気持ちは痛いほどわかった」

「ありがとう、おれたちのために」

「みんなで頑張ろうぜ」

やっぱり、と笑う。残念ながら野口には人をそそのかす才能がある。みんなを巻き込まずにはいられない。それは幼なじみのぼくだからよく知っている。

みんなに取り囲まれて、尊敬の視線を一身に浴びる野口を見ながら、これでソフトボールから逃げられなくなったな、と微笑みかけた。

日々、練習に明け暮れた。ゴールデンウィークも梅雨の時期もぼくらは大きな白球を追いかけた。

七月に入り、日差しが日増しに強くなっていく。ぼくらの肌はもはや真っ黒だ。自分の体から太陽とグラウンドの土のにおいがする。夜も欠かさずに素振りをしているので、手の豆がすっかり硬くなった。

いつものようにくたくたになって家に帰り、郵便受けを開けるとぼく宛の封筒が入っていた。二階にそっと上がり、急いで開ける。ジャン・ピエールのワークショップについて詳細に書かれた案内状が入っていた。

開催日の日付を見て硬直する。八月十日とあった。それは全国大会の開催日だった。

「参ったな……」

もしも大分・佐賀地区代表決定戦に勝った場合、ぼくらソフトボール部は全国大会に進むことができる。ワークショップへ行くことを選べば、全国大会の試合には出られない。そもそも九人ぎりぎりのメンバーだから、ぼくが欠けたら試合ができない。

家の手伝いをする気になれなくて、そっと家を抜け出た。自転車に乗ってぶらつく。行くあてなどない。

ワークショップか、全国大会か。天秤にかけてみれば、明らかにワークショップに行くべきだ。あのジャン・ピエールが来る。ぼくに手紙を送ってくれて、直々に誘ってくれている。ぼくの未来は確実にワークショップの続きにある。

交差点で信号待ちをしていると、隣に自転車が並んだ。

「鬼塚君？」

見ると草薙さんだった。どきりとして唾を飲み込む。彼女の自転車の籠にはスーパーのビニール袋が入っていた。

「ああ、偶然だね。買い物？」

「そう」

「鬼塚君は？」

「ちょっと、ぶらぶら」

「よかねえ。ちょっと付き合おうかな」

ふたりで並んで夜の街を走った。見慣れた街のはずなのに、きらきらと輝いて見える。街灯も、煤けたネオン看板も、おぼろげな星たちも、すてきに見えてしかたがない。それもこれも隣を走る草薙さんの効用だった。彼女はすごい。こんな田舎の街をすてきに見せてしまうのだから。

風が草薙さんの髪をなびかせている。やわらかそうな髪だ。

「気持ちよか。もう夏やね。鬼塚君、夏、好いとう?」

「う、うん」

本当は夏なんかよりも草薙さんのほうが好きだ、といった言葉が胸の中で駆け巡る。

「嘘やろ」

急に草薙さんは声を低くして訊いてきて、どきりとする。

「え、嘘?」

ぼくがなにか彼女に嘘をついただろうか。どぎまぎしていると、彼女は言った。

「前に野口君が言ってたこと。大分・佐賀代表決定戦があるのを最初から知っとったなんて」

「ああ、その話か」いきなりの話題で驚いたが、もう時効だと思って正直に答えた。「うん。あいつ、全然知らなかったよ」

「やっぱり……。最低やね、あいつ」

口調が厳しい。でも、本気で怒っているふうではない。黙っていると草薙さんは困惑しているような、それでいて微笑みたそうな、複雑な表情を浮かべて言った。

「でも、結局みんなあいつについていくとよね」

「結局ね」

「なにがいいんやろうね」

「さあねえ」

いまひとつ草薙さんがなにを言いたいのかわからない。

「うち、デザイナーになりたかと」

おもむろに草薙さんが言う。

「デザイナー?」

「この街に残るか、東京に行くか、いま迷ってるとよ」

その気持ちは痛いほどわかった。ぼくも将来のことで迷っている。いまぼくらはそういう季節にいるのだろう。

「わかるよ」とだけ答えた。

「どっちに行ってもなにかを失う気がするとよ。けどね、野口君を見ていると、そがん悩みがちっぽけに思えてくるとよね」

草薙さんの瞳が妙にきらきらと輝いて見えた。この街のなによりもきらきらと。ああ、やっぱりそうなんだ、と心の中で泣いた。彼女は野口が好きなのだ。ちゃらんぽらんであっても、自分の気持ちに正直に突っ走る男のほうが、女の子からは魅力的なのだ。

「草薙さんってさ、野口のこと好きだろ」

はっきりとあきらめたくて、ずばり訊いた。

「な、なんば言うと」と草薙さんは明らかな動揺を見せた。

「だってさ、おれたちはみんな野口にそそのかされて、巻き込まれてついていってるけど、草薙さんは自分から野口についていってるもんね」

返事はない。彼女は恥ずかしそうにうつむきながら自転車を漕いだ。でも、その反応だけで十分だった。やっぱり、野口のことが好きなのだ。

草薙さんと別れてから、ぼくは猛烈に自転車を漕いで海を目指した。ちょうど満潮の時刻なのか、暗い海の方向から波の音が聞こえる。

堤防に立つ。風にねぶられるまま、立ち尽くす。今日ほど野口との差を感じた日はなかった。嫉妬とは違う。もっとあきらめに似た感じ。

世の中にはまったく敵わない人間がいる。才能とか努力とかじゃなくて、その最初の発想からして違っている。ぼくは野口にはなれない。あいつみたいに生きられない。

野口とはずっといっしょに過ごしてきた。いっしょにいたからこそ、目をそらし続けなければならないことがあった。それは、ぼくが凡人だっていうことだ。悲しい意味合いで言っているんじゃない。普通だということだ、野口に比べて。

ジャン・ピエールのもとで修行したいなんて、凡人のぼくにはだいそれた夢なんじゃないだろうか。寄せては返す波音を聞きながら、そんなことを考えた。分不相応な夢なんじゃないだろうか。

堤防の端に立つ。両脇は真っ暗な海だ。落ちたら海の藻屑となるだろう。恐怖で足が震える。弱虫な自分に腹が立って、海に向かって叫んだ。

「くそ！　くそっ！」

夢を追って、夢だけを見て生きていきたいのに、現実に追いつかれそうになる。もしもぼくが野口のような人間だったら、すべてを置き去りにして、夢に向かってまっしぐらに生きていけるのだろうか。

ぼくはぼくであることが、どうにももどかしかった。

5

夏休みに入り、ソフトボール部も合宿に入った。海や山に行くこともなく、学校での合宿だ。泊まるのは隣駅のそばにある旅館となった。

お風呂に入って部屋に行く。布団がびっしりと敷かれていて、修学旅行を思い出す。網戸から風が入ってきているが、昼間の暑さはまだ引かず、風呂上がりだというのにまた汗をかく。

窓際の自分の布団に腰を下ろし、網戸から外を見たら半分の月が見えた。どこかでまだ蟬が鳴いている。

自然とため息が出た。昼間見た光景が頭から離れない。心が沈んだまま浮上しない。

今日の昼間、練習の休憩時間に、野口と草薙さんがじゃれ合っていた。水飲み場で野口がふざけて草薙さんに水をかけていた。草薙さんは怒って反撃していたが、ずっと笑顔のままだった。すごく幸せそうだった。

野口のことを好きならば、しょうがないとあきらめられると思ったのに、なかなかうまくいかない。見ないふりをずっと続けていたら、みじめな気持ちになってきた。

「最初だけばい、やらせてくれたの」という山本の声が耳に入った。自分の彼女の話をしているらしい。

「おれも、おれも」と中西が続く。「最近じゃキスだけでもいいからって言い寄ったら、殴られたばい」

山本も中西も彼女がいるのか。

「もっと高校生らしい会話をせんか、一年が」と石岡君が笑いながら突っ込みを入れた。

「滅茶苦茶高校生らしい会話じゃなかですか」

中西が笑って返す。

「こんな女だらけの高校でもよ、彼女ができないやつらがいるんだから、気ば遣え」

石岡君は大内君と田中君を見た。こちらは見ていないけれど、ぼくは大内君たちと同じ立場に変わりはない。

仰向けに寝て、顔の上にタオルを置いた。このまま眠ってしまおう。そうすれば草薙さんのことを考えなくてもすむ。

なんとかうとうとしかかったとき、大内君の甲高い声が聞こえた。

「ロドリゲス君、それなにさ！」

そっとタオルをずらして盗み見た。ロドリゲス君がピンク色のかわいらしいノートを横になって読んでいた。

「コレデスカ？　日本語ノ勉強デス」

「ていうかそれ日記じゃないの」

ロドリゲス君がきょとんとした顔となる。

「コレ、女子マネージャーノ部屋ニアリマシタ」

「駄目ですよ、そういうことしちゃ」と田中君が不安げな顔となる。

「え、え？　誰の日記？」

大内君が必死に興奮を押し殺した声を出した。

もしも草薙の日記だったらどうしよう。思わず身を強張らせる。彼女の野口への赤裸々な思いが綴られていたら、ぼくは悲しさのあまり悶え死んでしまうかもしれない。

「くそう、名前書いてないよ」

大内君はしばらく調べていたが、悔しそうにつぶやいた。田中君が日記をめくりながら、ところどころ読み上げる。

「ええと、なになに。『あの人、最低だけど、一所懸命なところが好き。ついていきたくなっちゃう』だって」

「好きだってよ、おいおい！」

大内君がひとり盛り上がる。ぼくは落ち込んだ。草薙さんが野口に対して言っていた言葉を思い出したからだ。彼女はこう言っていた。

「最低やね、あいつ」

しかしすぐにこうも言っていた。

「でも、結局みんなあいつについていくとよね」

好きなのに簡単に認められない意地っ張りな感じ。あの日記は草薙さんのものだろう。それ以上日記の内容を耳に入れたくなくて、ぼくはトイレに行くふりをして部屋を出た。

廊下を歩いていると、野口が前からやってきた。

「ちょうどよかったばい。花火するから女子マネ呼んでくれんね」

花火か。ということは、野口と草薙さんはまたじゃれ合ったりするのだろう。そんな光景見たくもない。でも、ここでへそを曲げても大人げない。しかたなしにマネージャーのふたりが泊まっている部屋へと向かった。

暑いためかマネージャーの部屋のドアは開いていた。ノックして覗き込む。「あのー」とだけ言って言葉を飲み込んだ。草薙さんが一所懸命に赤いグローブを磨いていたからだ。赤いグローブはうちのチームではキャッチャーミットしかない。つまり、野口のグローブだ。彼女はとてもいとおしそうな表情でキャッチャーミットを磨いていた。

本当に野口のことを好きなんだ。その様子を目の当たりして、愕然《がくぜん》としてしまった。いちゃついているところを目にするよりも、ショックは大きかった。

立ち尽くしていると、後ろから肩をつつかれた。振り向くと八嶋さんが立っていた。

「盗み見？」

「ち、違うよ」

慌てて手を振る。

「……最低」

「違うってば。花火やるんだって。だから呼びに来たんだよ」

八嶋さんはじろりとぼくを睨んだまま、部屋へと入っていった。シャツが出ていたりと、どうも彼女にはまずいところを見られてしまう。

「おーい、花火やるってよ」

わざとらしいのは承知のうえで、あらためて呼びかけてからぼくは退散した。

花火は旅館から五百メートルほど離れた川の河川敷でやった。秋になると熱気球の競技大会であるバルーンフェスタが行われる川だ。

ぼくはみんなの輪に加わる気になれなくて、離れた草むらに立ち尽くしてみんなを眺めた。短パンから出た素足にたかる蚊を叩きながら、花火のまばゆさをぼんやりと目で追う。

こういうお楽しみタイムでも中心にいるのは野口だ。打ち上げ式の花火を両手に持って大騒ぎしている。みんなは大爆笑だ。そうした様子を草薙さんが微笑みながら見つめている。花火の明かりに照らし出される彼女は、やっぱりかわいかった。かわいい分だけ、ぼくの落ち込みは深い。

「なんだかなあ……」

ぼそりと言ったら、「つらいなあ」という声が後ろから聞こえた。澤山先生だ。

「つらいなあ、鬼塚」

澤山先生は隣に並んだ。手には缶ビールを持っている。かなりの量を飲んだのか顔は真っ赤だし、息が酒臭い。

「つらいんだよ、鬼塚。自分を受け入れるっていうのはさ」

「はい？」

唐突になにを言い出すのだろう。

「おれは甲子園予選の決勝まで行った。それだけがおれのプライドだった。でも見ろよ、いまのおれを。佐賀のくそみたいな田舎町のソフトボール部の顧問だよ」

　酔ったらたちの悪いタイプなのかもしれない。

「あの、なにが言いたいんですか」

「おれは受け入れた。いまの自分を受け入れた。これがおれなんだからしかたねえ。恥ずかしがっててもしかたねえ。受け入れるところからしか、なにも始まらねえんだ」と澤山先生はひと息に言ったあと、缶ビールをぐびりと飲んだ。「って頭ではわかってるんだけどなあ……」

　澤山先生は千鳥足で離れていった。その背中はとても寂しそうだ。

　きっと先生にも三十七歳になるまでに、たくさんの選択肢があったはずだ。可能性だってあったはずだ。でも、いま先生は田舎高校のしがない体育教師だ。そうした自分に折り合いがついていない。

　甲子園に出場して、大学やプロ野球で活躍して、といった華々しい未来を、かつて先生は描いていたのかもしれない。そうした望んだ未来からはぐれてしまった姿は見ていて痛々しい。こう言ったら失礼かもしれないけれど、みっともない。かっこ悪かった。

「ぼくは違う」

短パンの尻ポケットにそっと手を忍ばせた。ポケットにはジャン・ピエールからの手紙が入っている。

ぼくは違う。ぼくは澤山先生みたいにならない。ちゃんとこの街を出て、なりたい自分になる。描いた未来からはぐれたりしない。かっこ悪い大人になんか、なりたくない。

自分が凡人なのはよくわかっている。本当は澤山先生みたいに堅実に生きる道を選ばなくちゃいけない人間なのはわかっている。でも、ぼくはまだあきらめたくない。まずは足掻いてみたいのだ。

花火が終わったころを見計らって野口に声をかけた。

「おう、鬼塚。どこ行っとったと？　終わったぞ、花火」

「話があるんだ」

「話？」

「いいから、ちょっと来てよ」

みんなから離れて、川岸まで野口を連れていく。心は決まっているので、切り出すのに躊躇はなかった。

「あのさ、東京に行こうと思うんだ」

「東京？」

「八月十日の全国大会の日、東京に憧れているシェフに会いに行くんだ。フランス料理のジャン・ピエールって知ってるだろ」

「当然ばい」

「あのジャン・ピエールが東京に来てワークショップを開くんだよ。おれ、そこに招待されてるんだ。その日に東京に行くのだけは譲れないんだ。だから、もし大分・佐賀地区代表決定戦で勝っても、八月十日の全国大会には行けないから。野口につき合えるのは、大分戦までだから」

野口は渋い顔をして唸った。

「じゃあ、なんのためにいままでやっとったとか。おまえ、ヒーローになりたくないんか」

「いいんだ、そんなもの。別に逃げるわけじゃないよ。おまえはヒーロになればいいさ。でも、こっちはこっちでなりたいヒーローを目指す。いつまでもおまえにつき合っているわけにはいかないんだよ」

ぼくらは大人になっていかなくちゃならない。いつまでも友達といっしょに仲良し小良しで歩いていくわけにはいかない。みんなそれぞれの道を選び、別れていくのは当然なのだ。たとえ、幼いころからずっとそばにいてくれた野口であっても。

「ということだから」

野口を置いて、ぼくは歩き出した。うつむいて草むらを見つめたまま歩いていると、うちの高校の女子のジャージズボンが見えた。野口を待つ草薙さんかと顔を上げたら、八嶋さんだった。

目をそらしてその脇をすり抜ける。その瞬間、ぼそりと言われた。

「最低」

奥歯を噛み締める。きっと立ち聞きしていたのだろう。ぼくを自分勝手な男だと思ったのだろう。

でも、弁解はしない。ぼくは強く地面を踏みしめて、旅館を目指した。


合宿では誰よりも練習した。大分・佐賀地区代表決定戦は勝って終わりにしたかった。一度チームから抜ければ戻ってはこられないだろう。つまり、ぼくにとって次の試合が、みんなと出られる最後の試合となる。最初にして最後の試合。大袈裟に言えばみんなと過ごせる最後の夏でもあった。

とにかく三倍の練習だ、と素振りをする。汗が滝のように出て、何度もスポーツタオルで拭く。繰り返し拭いていたら、そのうちタオルが汗を吸収しなくなった。

時間が少しでもあれば、いろいろな練習を試してみた。コーンを並べてステップを細かく踏んだり、坂道をダッシュをしたり、器具を使った下半身のトレーニングをしたり。ティーバッティングでバッティングのフォームを徹底的に研究したりもした。

試合の状況に応じてバッティングは変わってくる。流して打ったり、バントをしたりといったふうにだ。いろいろなパターンに分けて打撃の練習をしていく。その指導は澤山先生が事細かに教えてくれた。さすがかつて甲子園地区大会決勝まで進んだことのある澤山先生だ。わかりやすくて、ためになった。

「鬼塚」と澤山先生に呼ばれる。フリーバッティングの順番が回ってきた。

「よっしゃ」

気合いを入れて右の打席に入る。投げるのは石岡君だ。毎日の練習のおかげで、彼もコントロールがついてきた。もともと肩がいいので、見事に浮き上がってくるボールを投げてくる。

フリーバッティングではストレートしか投げない約束となっている。だからスピードさえ対応できれば打てるはず。

第一球を石岡君がウィンドミルで投げてきた。地面すれすれのところでボールをリリースする。きっと人間の動体視力は下から上への反応が苦手なのだ。上から下のほうがきっと得意としている。このあたりがソフトボールの打ちづらさとつながっているんじゃないだろうか。

でも、いまはもうその下からのボールにも慣れた。

石岡君のボールが坂道をのぼるみたいに浮き上がってくる。浮き上がってくるボールは、どうしてもその球の下を叩いてしまうことになる。それに気をつけながら、レベルスイングでバットを振った。

「一、二」

バットの芯でボールをとらえた。遠心力でそのまま振り抜くと、ボールはホームラン性の当たりとなって、一直線に青い空へと吸い込まれていった。

「よし！」

ガッツポーズをすると、石岡君が悔しそうに、しかし頼もしそうに言ってきた。

「なんか気合入っとるな、鬼塚」

ぼくは足場を馴らしながら答えた。

「最後の夏だからね」

「そうか、最後の夏か」

石岡は神妙そうにうなずいた。


合宿が開けて二日後、大分・佐賀地区代表決定戦が行われた。澤山先生はその前日、ぼくらを整列させて言った。

「おまえらが夏合宿ですげえ頑張ったのは顧問のおれも認める。みんな格段にレベルアップしたよ。だがな、明日は世の中は甘くねえということを思い知れ。それもひとつの人生勉強だ」

花火の夜にビールを飲んで愚痴をこぼしていた先生を思い出した。たしかに人生は甘くないかもしれない。でも、最後の夏だから、精一杯相手の高校にぶつかってみようと心に誓った。

しかし、明くる日のぼくらを待っていたのは思いもしない出来事だった。さらに次の日の新聞の佐賀版には小さく記事が載った。

〈ソフトボール大会大分代表　集団食中毒〉

〈佐賀牛津高校　不戦勝で全国大会へ〉

試合は開始二時間前に中止となった。大分代表のチームがバスの中で食べた弁当がいけなかったらしい。

「ああ、夏は食べ物が傷みやすいからねえ」と母が新聞を広げながらお茶をすすった。

6

棚からぼた餅状態で全国大会行きの切符を手にした我らが男子ソフトボール部は、地元のテレビ局から取材を受けることになった。その取材を受ける前に、きちんとみんなにソフトボール部を辞めることを伝えなくちゃと思った。

明くる日、いつ切り出そうか迷いながら練習に参加した。石岡君が上機嫌にぼくの肩を叩き、歌うように言う。

「おれたちが全国大会ばい、全国大会！」

松本君は感極まっていた。

「おれたちが全国大会かあ」

大内君や田中君らもみんなうれしそうだ。そうした姿を目にすると、辞めると切り出しにくかった。ぼくが欠ければメンバーが足りなくなる。せっかく全国大会に出られるというのに、ひとり足りない状態になってしまう。

野口が遅れて練習にやってきた。いまこそ言い出すタイミングだ、と思った瞬間、野口がグラウンドの外を向いて、「おーい」と呼んだ。ひとりの男子が走ってくる。おかっぱ頭の彼は見覚えがあった。

「みんな、今日から森君が入るから」

笑顔で野口が紹介する。

「まあ、全国大会に出場するからねえ」と大内君。

「わかるよ、その気持ち。なんといっても全国大会だもんね」と松本君。

「いや、そうじゃなか」と野口が遮った。「おれが頼んで入ってもらったけん。

森君いないと八人になるけんな」

「八人？」

みんなが首をかしげた。

「鬼塚が辞めるけんさー」

「ええ！」

どよめきが起こった。

「駄目ですよ、鬼塚君辞めたら」

田中君がうれしいことを言ってくれる。しかし、野口はきっぱりと首を振った。

「鬼塚には自分の夢があるんだ。ジャン・ピエールに認められて東京に行くけんね」

「ジャン・ピエールってあのジャン・ピエールか？」

石岡君が目を丸くする。

「そう。みんなも知っているあのフランス料理の巨匠ジャン・ピエールばい」

みんなが笑顔でぼくを取り囲んだ。

「鬼塚すげえな」

「ジャン・ピエールって神様みたいなもんだもんな」

こんなにも尊敬の眼差しで取り囲まれたのは、生まれて初めてだ。

「ということで、引き止めたらかわいそうやけんね。みんな、笑顔で鬼塚を送り出さんといかんよ」

野口が率先して拍手する。いっせいに拍手が湧き起こった。全員からの拍手だ。もっとみんなといろいろな話をしたかったのに、いますぐグラウンドから退去しなくてはいけない雰囲気となった。

名残り惜しむ間もなく、拍手に押し出されるようにしてぼくはグラウンドを去った。そのまま駅へと向かい、家を目指した。

これでいいはずなのに、とてつもなくさびしいのはなぜだろう。ジャン・ピエールのもとで修行するといった夢へと確実に歩んでいるのに、この疎外感はなんだろう。

いや、これでいいはずなんだ。ぼくは頭を思いっきり振って、すべてを振り払った。アスファルトをわざと強く踏みしめて駅へと歩く。これで草薙さんとも離れることができる。野口といちゃいちゃするところを見ないですむ。そう考えたら、少しだけ胸のもやもやが晴れた。

一週間後、厨房で夜の営業の準備をしていると、「ねえ、ほら見て」と母がはしゃいだ声を上げた。

「なに」

「ほら、テレビ」

母は店内のテレビを指差す。映っていたのは野口たちだった。母がテレビのボリュームを大きくする。地元テレビ局の新人アナウンサーが、爽やかな笑顔で誇らしげに語っている。

「えー、いまわたしは佐賀県の牛津高校に来ています。この学校の男子ソフトボール部が、一回も試合をせずに全国大会出場を果たすという快挙を成し遂げたからです」

野口たちがテレビに映った。みんなはしゃいでいるのがテレビを通して伝わってくる。

ひと通りチームメイトの紹介が終わる。厨房のごみを出して戻ってくると、テレビでは野口がインタビューに答えていた。

「よく言われるんですよね、佐賀には男子ソフトボール部が一校しかないから、簡単に全国大会に出られると思ってソフトボール部を作ったんだろうって。ぼくたちはですね、世の中そんなに甘いとは思っていません。そんなふざけた理由じゃありません。ただ……」

野口はふいに言葉を切った。

「ただ？」

新人アナがマイクをぐっと近づける。

「そこにソフトボールがあっただけなんです」

また適当なことを言いやがって、と笑い出しそうになった。しかし、レポーターは野口の言葉を真に受けたようだった。感激を隠さずにカメラに向かって喋っている。

「佐賀に一校しかない男子ソフトボール部が全国大会へ！　わたしたちの番組では彼らに密着取材して、全国大会までを応援していきたいと思います！」

カメラに向かって松本君や田中君や山本が笑顔で群がる。調子に乗りやがって、と思いながらも、おめでとうと心の中でつぶやく。特に、野口。目標としていた全国大会行きが決まった。これであいつが口走っていた「佐賀のヒーロー」にまではたどり着けたはずだ。

テレビを消し、龍がうねっている真っ赤な暖簾を外に掲げる。店内に戻ると、母が腰に手を当ててぼくを待ち構えていた。

「いいの？」

母は静かに尋ねてきた。

「なにがさ」

とっさにとぼけたが、母がなにを質問してきたかはわかっている。

ソフトボール部を辞めてからというもの、ぼくは毎日厨房を手伝っている。母は母で、ぼくがあれほど熱心だったソフトボールの練習をしに行かなくなって、不審に思っている節はあったがなにも訊いてこない。たぶん母はぼくが毎日手伝ってくれてうれしかったのだろう。

けれども、テレビに映る野口を見て、ぼくの真意を確かめたくなったに違いない。本当に野口といっしょにソフトボールをやらなくていいのか。幼いころからずっといっしょだったあいつと離れていいのか。

「いまさ、あんた全然笑ってないよ」

母はぼくを見つめたまま言った。

「え、そう?」

笑いつつ返事をしたが、うまく笑えた自信がない。

「笑ってない。あのときといっしょ」

あのとき。母がそう言うときは、どのときなのか決まっている。父が交通事故に巻き込まれて死んだときだ。

「お父さんのお葬式が終わって、あんた全然笑わなくなって。あのときのことは、お母さんも思い出すと悪かったなって思う。お父さんが残してくれたお店を守っていきたくて、お店を再開させたら常連さんたちが気を遣ってみんな来てくれて、その分おまえにかまってあげられなくてね……」

「そんなの母ちゃんが悪いわけじゃないって」

「まさにそんなときだったよね、野口君が来てくれたの」

ぼくは父が亡くなってからというもの、人と関わることをずっと避けていた。いまにして思えば、悲しい自分に酔っていたところもあった。でも、十歳のぼくに父の死は重過ぎる現実だった。とてもじゃないが乗り越えられなかった。慰めの言葉をかけてくる人たちすべてが疎《うと》ましかった。おまえらにぼくの悲しみがわかるか、と怒鳴ってやりたい気持ちでいっぱいだったのだ。

そうしたなか野口は違った。いきなりうちのお店に飛び込んできて、「飛行機見に行くばい！」と叫んだ。なにを言い出すのかと腹立たしかったけれど、ぼくはあいつに巻き込まれることで、半ば強制的ながらも再び人と関われるようになったのだ。

「あんたは野口君のおかげで笑顔を取り戻した。お母さんはそう思っているよ」

「そうかな」

自分でもそうだとわかっているのに認められなかった。

「そうだよ。野口君のおかげであんたの周りにはたくさんの友達ができた。野口君がいなかったら、あんたいまでも笑わずにお店の隅にじっと座っていたかもね」

わざわざ母に言われなくてもわかっている。いまのぼくがあるのは野口がいたからだ。あいつがきっかけをくれた。

でも、これからぼくは変わっていかなくてはならない。ぼくには夢がある。いつまでもあいつといっしょにつるんでいくわけにはいかない。

「でもさ」と母に切り出す。「野口は野口だよ。ぼくはぼくだよ」

ぼくはぼくだけの人生を切り開き、歩いていきたい。ヒーローだなんて非現実的なことを言っている場合ではないのだ。自分の夢を現実に変えるために、いまがとても大切な時期なのだ。

厨房に戻って手を洗う。夜の営業の下ごしらえにかかった。

不思議なことに、ソフトボールを忘れようと思えば思うほど、打球をバットの真芯でとらえたときの手の感触が鮮明によみがえってくる。上達を互いに喜び合ったみんなの笑顔が脳裏にちらつく。

バットのグリップをさんざん握ってきたぼくの手には、包丁は軽すぎた。中華料理のにおいよりも、太陽と土埃のにおいのほうが好きになっている。

なぜかいまは野口と草薙さんが水飲み場でいちゃついていた姿さえ、懐かしく、大切に思い返される。

「大丈夫？」

母に肩を叩かれて、はっとする。ボウルの中で卵を溶いていたのだが、いつのまにか手が止まっていた。

「ああ、大丈夫」

そう言って再び菜箸を動かした。卵を溶きながら思い返していたのは、ランナー一塁での場面。ランナーを進めるために、右方向へのバッティングをしなくちゃいけない。そのうえでフライを上げてしまうと駄目なので、叩きつけるような打ち方をする。ただ、ピッチャーだって右方向へ流されたくはない。きっとインコースを攻めてくる。そうした球をどれだけうまく追っつけて、右に流すことができるか。

なんてことを考えていたら、手がお留守になってしまっていた。

たぶん、いや、これはちゃんと認めよう。ぼくはソフトボールが好きになっていた。あのボールの大きさと重さが懐かしい。重厚な打球音も好きだ。石岡君のウィンドミルのフォームもよかった。人間の体は構造上きっと下から物を投げるようには作られていない。それをあえて下から投げる。不自然さのなかで磨かれたピッチングフォームは、人間の動きの制約の外に出ようとするバレエダンサーの美しさに似ていた。

素振りはソフトボール部をやめてからも欠かしていない。すっかり習慣化してしまっている。幸楽園が閉店したあと二百本くらい振っている。

ぼくに打順が回ってくることなんて、一生ないのはわかっている。それでも、バットを振っていると心が落ち着いた。振って、振って、気づくと無心になっている。人間ってこういう単純な行為に没頭する瞬間が必要なのかもしれない。

しかし、素振りを終えると、毎日自己嫌悪に陥った。自分の未練がましさに嫌気が差す。ソフトボールのことは早く忘れなくちゃいけないのに、自らの夢に向かって一直線に進まなければならないのに、と。

そうでなくてはぼくの未来は開かれない。焦りに襲われる。ぼくは澤山先生のようになりたくない。この街でくすぶって生きていくのだけは、まっぴらごめんだった。凡人のぼくだからこそ、余計なものから早く離れて、自分のためだけに足掻かなければいけないと思う。


退部してから十日が過ぎたときのことだった。夜の八時にいったんお客の波が引いたので外に出て伸びを打った。油と香辛料のにおいに満ちた厨房から解放されて、深呼吸する。頭上では夏の星座が瞬《またた》いていた。

通りを眺めていると、一台の自転車が猛スピードでやってくる。誰かと思ったら草薙さんだった。

「鬼塚君！」

なぜか彼女はぼくを見つけると、悲痛な声をあげた。急ブレーキで目の前に停まる。

「どうしたの」

驚いて尋ねた。彼女はいまにも泣き出しそうな顔をしていた。

「みんなが、みんながね、ばらばらになってしもうたとよ」

「ばらばら？」

「石岡君と森君がけんかしてしもうて」

「森君ってあとから入った森君？」

「そう。森君ね、キャッチボールしているところを石岡君に笑われて怒り出してしまって」

「でも、なんでそれでみんながばらばらになるんだよ」

森君が辞めるだけの話なんじゃないだろうか

「それは森君がみんなに言った言葉がまずかったけんね……」

「なんて言ったの」

「人数足りなくなってよかったやんかって。これで牛津の恥をさらさんですむけんなって」

草薙さんの説明によれば、全国大会出場で盛り上がっているのは、実は男子ソフトボール部の面子《メンツ》だけなのだそうだ。ろくに練習もせず、実績もないまま全国大会に出場すれば、必ず恥をさらすと学校のやつらは冷ややかに見ているらしい。森君は周りの見えていないソフトボール部のやつらをおちょくるために入部したのだそうだ。

みんなは森君の話を聞いて意気消沈してしまったらしい。全国大会出場といっても、一度も試合をしたわけじゃない。大勢の部外者の真実の声を聞いて、やる気をなくしてしまったそうで、ひとりまたひとりとグラウンドを去っていってしまったそうだ。

「野口はみんなを止めなかったの?」

「けんかのあと、みんなを前にしていつもみたいに大見得を切ったの。そいでもおれは最後まであきらめんって。でも、今度ばかりは誰も野口君の言葉に心動かされんかったみたいで……」

「そっか……。いま野口はどうしてる?」

「そいがわからんけん」

みんながばらばらになってしまったうえに、野口まで行方不明ときている。そりゃあ草薙さんも不安になってぼくのところにくるはずだ。

「ねえ、鬼塚君お願い。戻ってきてみんなを説得して」

草薙さんは自転車を降りると、祈るように両手を胸の前で組んで震わせた。ぼくは困って夜空を見上げた。

ぼくには夢がある。ソフトボール部のやつらとは一線を引いたはずだ。また関われば、心がきっと疼《うず》くことになる。ソフトボールをやりたいって。みんなと最後の夏を過ごしたいって。

再び関わって動き出せば、ぼくは八月十日に東京で行われるジャン・ピエールのワークショップに行けなくなるだろう。みんなに頑張って試合をやろうと焚きつけておいて、ぼくだけ抜けるわけにはいかないからだ。

「たぶん、野口はそのうち戻ってくるよ。大丈夫だよ。またみんなをうまくまとめあげてくれるさ」

間に合わせとわかっていたけれど、穏やかに言って笑った。いままでのピンチだって野口はうまく切り抜けて、うまいことみんなをそそのかし、チームをまとめあげてきた。あいつにはカリスマ性がある。みんな一時的に自信を喪失してしまっただけで、落ち着いてくればグラウンドに戻ってくるだろう。

「わたしはそうは思わん」

草薙さんは悲しそうに首を振った。

「どうして。草薙さんだってわかってるでしょ、みんななんだかんだいっても、あいつについていってしまうって」

「でもそれは鬼塚君がいっしょにおったからやけん」

「は？　この際おれは関係なくない？」

「そんなことなか。いままでだって野口君がみんなと距離ができたときに、野口君のそばにいてくれたのは鬼塚君やろ。だけん、野口君は自由に好きなこと言ったりやったりできてたとよ。鬼塚君がいてくれて安心してたけんね、野口君」

「そんな……」

たしかにぼくはいつも野口のそばにいた。ある意味、見守っていたかもしれない。けれども、ぼくに対する依存はなかったはずだ。ぼくなんていなくてもかまわないはずだ。

「でも、おれの代わりにあっさり森君を入部させていたじゃないか」

「それは鬼塚君が気兼ねなくジャン・ピエールに会いに行けるようにっていう野口君なりの計らいばい。野口君、すごく鬼塚君のこと大切にしとるけん」

「そうかな」

「だけん、わたし野口君にふられてしもうたとよ。告白ばしたとに」

「え！」

驚くと草薙さんはしまったという顔をした。ぼくの頭が一瞬で高速回転して、彼女の表情の意味を汲み取った。

きっとこういうことなのだろう。野口はぼくが草薙さんを好きなことを見透かしていた。だから彼女に告白されても、ぼくに義理立てして断った。

「そんなのあいつの自己満足じゃないか」

「そうじゃなか！　野口君はわたしじゃなくて鬼塚君のことを選んだとよ！　そいだけ鬼塚君のこと友達として大切にしとるけん。なんでわからんと？」

訴えてくる草薙さんは涙目だった。彼女は彼女で届かなかった思いがある。

もう一度、夜空を見上げた。野口はちゃらんぽらんで、自分勝手に突っ走るやつで、それでもうまいこと切り抜ける才覚があって、人を惹きつけるカリスマ性がある。そんなあいつなのに、ぼくの助けが必要だというのか。この凡人のぼくの助けが。

夜空から視線を下ろすと、店の入り口に母が立っていた。悪いけど話は聞かせてもらった、と顔に書いてあった。

母は穏やかに言った。

「今度はあんたが野口君を助ける番じゃないの？　野口君を笑顔にできるのは、あんただけだとお母さんも思うけれどね」

腹が決まった。ぼくは無言でうなずいてみせた。

「行こう」

草薙さんに声をかける。ぼくは自転車を引き出してきて、夜の街へと漕ぎ出した。

携帯電話でみんなに連絡を入れる。でも、誰もつながらない。メールを送ってみたが、返信もない。ぼくと草薙さんは手分けして、部員のみんなの家を訪ねてみることにした。

駅前で草薙さんとふた手に分かれる。ぼくは最初に公園へと向かってみた。かつて石岡君の兄たちに絡まれた公園だ。あそこに行けば、石岡君に会えるんじゃないかと思った。

公園の入口に差しかかると、案の定石岡兄たちのバイクが停まっていた。自転車を停め、公園に入っていく。すると今夜も石岡君が石岡兄たちにからかわれていた。前回とまったく同じ面子だ。田舎のヤンキーってやつは、どうしてこうも交際範囲と行動範囲が狭いのだろう。

ぼくはまっすぐ四人のところへと向かった。石岡兄が目ざとく気づく。ぼくに向かって叫んだ。

「誰だ、おまえ!」

この前ぼくを殴ったことをもう覚えていないのだろうか。それほどまで人をぶん殴ることが日常茶飯事なのだろうか。

「石岡君を迎えに来ました。石岡君はチームにとって必要な人なので」

彼らの目の前まで言ってぼくは告げた。石岡君は驚いて目を真ん丸くしている。

「ちょっとすみません」と石岡君は兄たちに頭を下げると、ぼくの手を引いて生垣の裏へと駆け込んだ。ふたりしてしゃがみ込む。

「おまえ、なにしに来たと?」

「チームがばらばらになった話は聞いたよ。もう一度みんなに集まってもらおうと思ってさ」

「けど」

石岡君は困惑した表情を浮かべた。そして、ちらちらと兄がいる方向を怯えつつ窺う。

「石岡君はさ、本当にピッチングがよくなったよ。すごく努力したからね。こういうこと言っていいかわからないけど、石岡君はあの兄貴たちとつるんでていい人間じゃないと思う」

「鬼塚……」

石岡兄が生垣の向こうから叫んだ。

「おいおい、なんばしよっとかおまえら！」

びくりと石岡君が体を震わせる。あきらめを感じさせる表情でひそひそと言った。

「よかて、鬼塚。おれは卒業してもお兄からは逃げられんばい。ずっとろくでもなか人生歩むんばい。わかってるけん」

「それでいいはずないだろう。いやだからソフトボール始めたんだろう。野口に声をかけてもらって、うれしかったたって言ってたじゃないか。試合まであと少しだろう。頑張ろうよ」

「辞めた人間に言われとうなかよ」

「誰が辞めたって？」

ぼくはにやりと笑った。

「え？　だっておまえ自分の夢はどうすると？　ジャン・ピエールは？」

「ぼくも同じなんだ。野口がいなかったら、ずっとひとりぼっちの人生かもしれなかったんだ。いまのぼくにとって、ジャン・ピエールよりも野口のほうが大切なんだよ」

頭上が暗くなった気がした。見上げると、石岡兄と仲間のふたりが仁王立ちしていた。公園灯を背にしていて表情はわからないが、ただならぬ雰囲気が伝わってくる。ぼくも石岡君も慌てて立ち上がった。

石岡兄がゆらゆらと近づいてきて、石岡君に尋ねた。

「おい、こいつおまえの友達か」

隣の石岡君が恐怖で体を強張らせるのがわかった。なにも言い返せないでいる。ぼくも怖くて下を向いた。けれども勇気を振り絞って言ってやった。

「友達です。ぼくは石岡君の友達ですよ」

石岡兄の拳が飛んできて左頬に当たった。がくりと崩れると、なおも殴りかかってこようとする。それを石岡君が阻んだ。兄の腰にしがみつき、振り回して倒した。

報復が始まった。立ち上がった石岡兄が、石岡君を殴る。加勢しようと思ったら、残りのふたりに捕まって殴られた。

たぶん、十分くらい殴られたり蹴られたりしたと思う。そのあとさんざん毒づかれて、ぼくらは解放された。一応彼らとしては、弟とその友達ということで、ある程度手加減してくれているのだろう。ぼこぼこにされたけれど制裁といった意味合いのやられ方で、とどめ的なものは食らわなかった。

公園のベンチの背もたれに、ぼくらは背中を預けた。口の中が切れているらしく、血の味がする。こめかみのあたりを二度ほど殴られたせいか頭痛もする。

ぼくも石岡君もなにも言わない。それでもぼくは彼とのつながりを感じていた。さっき石岡君はあの怖い兄に歯向かった。ぼくを守ろうとしてくれたのだ。

「あ、流れ星」

ベンチに寄りかかって空を見上げていた石岡君が言う。見上げると、流れ星が長い尾を引いて落ちていった。

「石岡君が流れ星なんて、似合わんばい」と笑いながら言ってやる。

「鬼塚こそ、似合わんばい」

「なにが」

「佐賀弁」

「せからしかー。今夜は特別ばい」

本当に今夜が特別な夜になる予感がしたのだ。

石岡君とふたりで松本君を迎えに行った。合流するころには携帯電話にみんなから返信が相次いで、駅に集合することとなった。

田中君も大内君も中西も山本もいる。ロドリゲス君もやってきてくれて、草薙さんは八嶋さんを連れてきてくれた。ただどうしても野口の行方がわからない。家にもいなかったし、いっこうに連絡がつかない。

「どこに行ったとやろ……」

草薙さんが心配そうにうつむく。

「いるとしたら、あそこかな」

つぶやくとみんなが「どこ」といっせいに訊いてくる。

「ちょっと遠いんだ。だからその前に澤山先生のところに行っておこう」

草薙さんから聞いた話では、石岡君と森君がけんかしたときに、澤山先生が怒って帰ってしまったという。顧問は二度とやらないと言い置いて。

「たしか先生のアパートって学校の近くだったよね」

「カルチャー焼き屋のすぐ近くだよ」と大内君が教えてくれる。

「じゃあ、みんなでいまから行ってみよう」

「けど、うちらが説得しても……」

八嶋さんが弱気な声を出す。

「いや、まずは行ってみよう。やってみらんとわからんやろ」

ぼくは率先して歩き出した。いつも野口がそうしていたように。

時間は夜の十時を回っていた。澤山先生は二階建てアパートの一階に住んでいた。安アパートなのかドアチャイムがない。ぼくは静かにノックをしてみた。

「先生、澤山先生」

しばらくすると、ゆっくりとドアが開いた。

「鬼塚じゃないか。どうしたこんな時間に」

「ぼくまたソフトボールがやりたいんです。みんなとやりたいんです。だから、もう一度顧問をやってくれませんか」

澤山先生は鼻で笑った。

「あのな、鬼塚。おまえら世の中を甘く見すぎてるんだよ。全国大会に出ても恥をかくだけかもしれねえぞ」

「それでもいいんです。ぼくたち、たとえ恥をかいても最後まで戦いたいんです。

いっしょに練習してきた仲間で」

振り返ると、みんな強くうなずいた。そろって頭を下げる。

「先生、お願いします！」

澤山先生はなにやら言葉を失って、ぼくらはじっと見守った。

「あのな、おまえら……」と澤山先生は腰に手を当ててうつむいた。顔を上げると、にやりと笑って言った。

「おれは途中であきらめるのが大っ嫌いなんだよ。おれは甲子園予選決勝まで行った男だぞ。あきらめなかったからこそ、そこまで行けたんだ。おまえらもあきらめちゃいけねえ。最後までケツを持ってやるよ」

「先生！」

ぼくらはいっせいに喜びの声をあげた。石岡君はガッツポーズを作り、松本君が万歳をする。草薙さんと八嶋さんは抱き合って喜んだ。澤山先生はぼくらひとりひとりの顔を見て続けた。

「全国大会ってのはな、選ばれた者のみが戦える崇高な大会なんだよ。途中で投げ出すことは許されねえんだ」

みんな澤山先生に尊敬の眼差しを向けていた。初めて先生がぼくらの味方なんだと強く思えた。

ただ、いつもだったらここで野口が茶々を入れるだろう。ぼくはあいつの代わりに言ってやった。

「でも先生。先生は全国大会に出たことがないんですよね」

澤山先生は腕組みをして微笑んだ。

「そうだ。でも、それがおれだ」

心の中で先生に謝った。先生は望んでいた未来からはぐれてしまった大人だからかっこ悪いなんて思っていた。けれど、ぼくらみたいな厄介な生徒の面倒見てくれる先生が、かっこ悪いわけがない。

澤山先生の家の次に、野口を探すために海へと向かった。あいつは小さいころから海を眺めるのが好きだった。

真っ暗な夜道をみんなで寄り添って歩く。車さえ通らない田舎道だ。先頭を歩くぼくは心細かった。こういう心細さを、いつも先頭だった野口は感じていたのだろうか。いればいたで困ったやつだけれど、いなければいないで困らせるやつだと思った。

海にたどり着き、野口を捜した。海は満潮の時刻を過ぎていたが、まだまだ水は多くて、波が押し寄せてきていた。

波音を聞きながら堤防を歩く。河口そばでは夜釣りをしている人たちの明かりが見える。ぼくの父も夜釣りが好きだった。夏となるとセイゴやコチなどを釣って帰ってきたものだった。

堤防の真っ暗闇にうずくまる影があった。明かりもなしにこんなところにいる人間は、ぼくの知るかぎりひとりしかいない。

「野口」

声をかけると、その影は立ち上がってこちらを向いた。ぼくら全員がそろっているのを見て、彼はいかにも彼らしい笑顔でぼくらを出迎えてくれた。

明くる日の朝、誰よりも早くグラウンドに行って練習しようとすると、先に野口が来ていた。お互いにやりと笑い、どちらからともなくキャッチボールを始めた。

「ジャン・ピエールに会うのは、どがんすると？」

ボールを投げながら野口が訊いてくる。

「もう、いいんだ」

「ようなかやろ。そいだけは譲れんじゃなかったと？　結局最後までおれにつき合ってどがんすっとか。なに考えてんだ」

「だから、別にもういいんだってば」

ぼくはジャン・ピエールよりも野口を選んだ。それだけだ。もちろん、こんな恥ずかしいことは口にできないけれども。

「まずはあさっての試合に勝つことに専念しようぜ」

思いきってボールを野口のグローブ目がけて投げ込んだ。全国大会の一回戦で、山形県代表の山形城南《やまがたじようなん》高校と当たることが決まった。試合会場は静岡県だ。

「あのな、鬼塚。本当に勝てると思うとっとか？　どうせボロ負けやぞ」

野口が気の抜けたボールを山なりで返してくる。ぼくはキャッチするなり、もう一度強く投げ込んだ。

「そんなのやってみらんとわからんやろ」

かつて野口が言っていたままに言ってやった。野口は虚を突かれた顔をしたが、空に向かって大きく笑った。

7

晴天に恵まれた。雲一つない青空だ。

「プレイボール」

審判が手を挙げてコールする。

大会が行われる球場はちゃんとしたソフトボール用の球場だった。フェンスまでの距離は短く、ピッチャープレートのある位置も野球のように盛り上がっていない。まだ作られて新しいらしく、グラウンドに立ったら清々しい気持ちに包まれた。そして、緊張する。こうしてきちんとしたソフトボール用の球場を使うのは初めてだし、ちゃんとした試合そのものが初めてなのだ。

一回の表の攻撃が始まる。先攻はぼくらだ。打順は野口がひとりで決めた。これは澤山先生の意見だ。野口が作ったチームだから打順も野口に決めさせた。

野口は一番バッターに山本を指名した。

「あいつはうちのチームで一番足が速いけんね」

自信満々で野口は山本を送り出した。ところが相手の山形城南高校のピッチャーが、ストライクがひとつも入らない。フォアボールとなり、山本は労せずして一塁へ進んだ。自慢の足は披露できずじまいだが、ノーアウト一塁のチャンスとなる。

二番バッターは松本君だ。相手ピッチャーがきれいなウィンドミルで投げた。松本君は打つ気満々の構えをしていたが、急遽バントをしてボールを転がした。ボールは一塁方向に転がり、ピッチャーが拾って一塁に投げる。松本君はアウトとなったが、山本はさすがの俊足で二塁に悠々セーフとなった。

「よし、計算通り！」と野口が叫ぶ。

「なにが計算通りなんだよ。松本君にバントのサイン出てないだろ」

「まあ、よかよか」

野口は適当に言って笑う。こいつのいいかげんなところは全国大会に出ても変わらないみたいだ。

「ていうか次のバッター、野口じゃないの」

慌てて野口がバッターボックスに走っていく。自分の打順も覚えていないとはどういうことなのか。

「よっしゃ、来ーい！」

三番バッターの野口が、ピッチャーに向かって叫ぶ。

だが、野口は第一球を打ち損ない、あっさりとサードフライに倒れた。それでも意気揚々とベンチに戻ってきて、ぼくの顔を見るなり言う。

「うん、計算通りばい」

「おまえ、いったいどういう計算してるんだよ……」

四番はロドリゲス君だ。松本君が不服そうに野口に尋ねた。

「なんでロドリゲス君が四番なんだ？」

「なんのために真似させたと思ってると？」

野口はベンチに座り、不敵に笑った。

「真似ってなんだよ」と尋ねると、野口はバッターボックスを顎をしゃくって指した。見るとロドリゲス君がメジャーリーガーを彷彿とさせるような、貫禄たっぷりの構えで相手ピッチャーを睨みつけていた。きっとメジャーリーガーの構えを真似る練習をしてきたのだろう。

相手ピッチャーは明らかに動揺していた。目が怯えている。ストレートのフォアボールとなった。

「ほらな」

一塁へ向かうロドリゲスを親指で指差しながら野口は上機嫌だ。これはまあ、ある意味計算通りだろう。

「で、五番のソフトボール経験者中西が、ここで一発」と野口が言い終わらぬうちに、中西はファーストフライに倒れた。これでスリーアウト。チェンジだ。

「な？」

野口がぼくに相づちを求める。

「なにが、な？　だよ」

ぼくは野口の尻をグローブで叩いて、セカンドの守備へと向かった。

一回の裏が始まる。石岡君の投球練習が終わり、山形城南高校の一番バッターを迎えた。

石岡君がゆっくりと投球モーションに入る。右手を後ろに大きく回し、弾かれたように投げた。きれいなウィンドミルだ。いい球だった。ボールは外角のすれすれを通って野口のキャッチャーミットに納まった。

「ストライク！」

審判が高々とコールする。

二球目は先ほどよりもやや甘く真ん中に入った。相手の一番バッターがフルスイングする。だがタイミングがずれている。打球はゴロとなってショートへ飛んだ。田中君の真正面だ。速い打球ではない。でも田中君はおろおろしている。まずいかも、と思ったときサードの中西が横っ飛びキャッチして、立ち上がりざま一塁へ投げた。

「アウト！」

一塁の松本君の捕球もナイスだった。

「中西君、すてき！」とベンチで草薙さんが黄色い声援を送る。

「松本君、すごい！」と八嶋さんも大喜びだ。

山形城南高校の二番バッターは、石岡君の三球目を外野まで飛ばした。勢いはない。

「あ、まずいかも」

松本君のつぶやきが聞こえる。フライが飛んだ先はレフトのロドリゲス君のところだった。一瞬、いやな予感が走る。だが、センターの山本が俊足を飛ばしてボールの落下点に入り、華麗なランニングキャッチを披露した。

「ナイスキャッチ、山本君！」

草薙さんと八嶋さんが黄色いメガホンで叫んだ。山本がガッツポーズで応える。なかなかいい調子だ。サードとセンターは鉄壁の守備だ。この二ヶ所にボールが飛べば、うちのチームはなんとか対処できる。問題はそのほかのポジションだ。もちろん、セカンドのぼくも含めて。

なんて危惧していたら、三番バッターの打球がぼくのところに飛んできた。球足が速い。腰を落としてグローブを差し出す。ぼくの手前で軽くイレギュラーバウンドして、グローブの縁に当たった。ボールが跳ね上がって逃げていこうとする。必死に右手を伸ばして素手でつかみ、そのまま一塁へ投げた。体勢を崩して地面にひっくり返る。天地逆さまの状態で送球が間に合うのが見えた。

「アウト！」

「よし！」

ガッツポーズで起き上がる。一塁の松本君が走り寄ってきて、ぼくの肩を叩いた。

「ナイスプレー」

ほかのみんなも同じように褒めてくれる。スリーアウトでチェンジなのでベンチに戻ると、澤山先生が笑顔で迎えてくれた。

「やるじゃねえか、鬼塚」

草薙さんと八嶋さんは尊敬の視線でぼくを見ていた。

ヒーローになるのって悪くないかもしれない。いや、すごくいいかもしれない。野口が「おれもヒーローになるばい」と叫んだ気持ちが、いまやっとわかった気がした。


うちも相手もお互い無得点のまま、四回の表の攻撃を向かえた。球場のスコアボードにはゼロの数字が並んでいる。

「すげえな、おれたち」

松本君がベンチからスコアボードを見て満足げに言う。

「三回まで同点ですもんね」

山本もうれしそうだ。

試合をまともにするのが初めてのぼくたちが、全国大会に出て同点のまま四回を迎えている。松本君や山本が喜ぶのも無理はない。

「おいおい、おまえらなに言ってんだ。うちらはまだノーヒットだぞ」

澤山先生が松本君と山本のふたりに向かって発破をかけた。ぼくは六番にオーダーされたが、いまだバットにかすりもしない。

快音が響いた。打ったのは三番の野口だ。打球は左中間に伸びていく。抜ければ確実に長打コースだ、と思ったのだが相手のセンターが落下地点にダイブした。起き上がってグローブを掲げる。捕ったというゼスチャーだ。

「ああ……」

ぼくらはそろって肩を落とした。

次の四番のロドリゲス君がバッターボックスに入る。例のメジャー級の構えで相手ピッチャーを威圧する。相手ピッチャーはロドリゲス君がすごいバッターだと信じて疑っていないようだった。しきりに汗を拭いたあと、第一球を投げた。

「しまった!」

相手ピッチャーの悲鳴が聞こえた。びびりすぎたのだろうか。ボールはど真ん中のストレートだった。スピードもない。どうぞホームランを打ってくださいといわんばかりの絶好球だった。

しかし、ロドリゲス君は悠然と見送った。バットを振る気配さえ見せない。相手ピッチャーの表情が変わるのがわかった。

もしかしたら、ばれたんじゃないだろうか。ロドリゲス君が立っているだけの張子の虎だと。

第二球は、一球目と同じなんの変哲もないど真ん中のストレートだった。ロドリゲス君はぴくりとも反応しない。相手ピッチャーの口元がゆるみ、目が活き活きとしていた。やはり見破られたらしい。第三球は真っ直ぐのスローボール。それでもロドリゲス君は悠然と見送った。見送り三振だ。

「なんだ、見かけ倒しかよ」

相手ピッチャーが叫ぶ。

「もう騙されねえぞ」

向こうのベンチからも声が上がった。まずい展開だな、とぼくらは顔を見合わせた。

四回の裏となり、相手の攻撃となった。相手バッターの打球が外野へと飛んでいく。飛んだ先はレフトだ。ロドリゲス君がグローブを空へと差し出す。だが、ボールははるか後方に落ちた。完全に目測を誤っていた。三メートルは隔たりがあった。

次のバッターの打球も外野に飛んだ。今度はライトの大内君のところだ。大内君は足が遅い。とてもじゃないがボールに追いつけなさそうだ。それをカバーしようとセンターの山本が走る。さすがの彼でも無理な距離だ。打球はワンバウンドしたあとフェンスまで転がり、二塁打となった。

「どうしたセンター。いまの捕れるぞ!」

ベンチから澤山先生が無茶なことを言う。セカンドに滑り込んできたランナーが、目を丸くしてつぶやいた。

「捕れるぞっていまのレフトフライだぜ。センターに取らせる気かよ」

相手のベンチから、声がいっせいにあがった。

「打て！　続け！　サードとセンター以外は穴だぞ。ざる状態だ！」

すべて見破られてしまったようだった。


その後ぼくたちは情けない実力を露呈することとなった。本当のぼくたちを直視させられた。

相手の山形城南高校はぼくらが弱いチームだと見抜いて、嵩《かさ》にかかって攻撃してきた。臆することなく、のびのびと。

速い打球がセカンドのぼくのところに飛んでくる。バウンドに合わせてグローブを出すがうまく捕れない。後ろにそらしてしまい、ライト前まで転がってしまった。

ショートの田中君はライナーをかがんで逃げ、サードの中西はさんざん田中君の分まで働いて疲れたらしく、動きが鈍くなってきた。ライトの大内君はたったの一度もフライを捕れないし、ロドリゲス君に至ってはころころと転がってきたゴロさえトンネルしてしまった。

ひとつもアウトが取れないまま、相手の攻撃は三十分ほど続いた。石岡君は疲れきって、ストライクが入らない。甘いところに投げれば打たれる。その悪循環でこの四回の裏だけで七点取られた。そして、塁はすべて埋まっている。石岡君がフォアボールを与えた。無条件で向こうに一点が入る。八対〇だ。

「ああ、くそ!」

グローブを地面に叩きつけて石岡君が悔しがる。

三点目くらいまでは、石岡君が打たれたり、フォアボールで押し出したりしても、「ドンマイ!」と声をかけていた。でも、五点目を取られたあたりから声をかけられなくなっていた。

ぼくらは実戦が初めてなのだ。ピンチに陥ったときや、チームの士気が下がったときに、どう対応したらいいかわからない。経験値がゼロであることは苦しい。がっくりときてしまった石岡君が連打を浴びた。ぼくら守備も情けないことに、ひとつもアウトを取ってやれない。エラーや落球の連続で、山形城南高校の選手たちが次々とホームに帰っていく。気づくと十六対〇というひどいスコアとなっていた。

まばらながらも入っていた客が、ひとりまたひとりと帰っていく。澤山先生もあまりの惨状に声を失っている。草薙さんはじっと野口を見つめていた。八嶋さんはいまにも泣き出しそうだ。審判でさえ気の毒そうな顔をしている。

ショートの田中君を襲う痛烈なライナーが飛んだ。中西は疲れきっていて動けない。ぼくがショートの田中君の前まで横っ飛びしてグローブを伸ばす。だが、追いつくはずもない。田中君の脇をすり抜けたボールはレフトとセンターのあいだを抜けていった。これで三点追加されてしまった。

「もうやめてもよかってルールはなかとですか」

田中君がうなだれて言う。

「コールドゲームは五回の時点で、七点差がついていたらですよ」

中西が苦しげに両膝に手をついた姿勢で教えてくれる。田中君はほっとした様子で言った。

「ああ、それなら次の回で終わるとですか……」

いや、いまだノーアウトなのだ。いつになったら次の五回に進めるのかわからない。終わりなんてまだまだ見えてこない。

やがて石岡君は投げる球すべて打たれるようになった。もうボールに力が入っていない。守るぼくらはエラーと落球と悪送球を繰り返し、とうとう三十一対〇というソフトボールとは思えないようなスコアとなった。

弾いて捕れなかったボールを拾い、石岡君に渡しに行く。松本君や中西たち内野が集まってきた。みんなボールを追って地面を転がったり這いつくばったりしたせいで、たった一回の守備のあいだに、水色のユニホームは真っ黒になってしまった。せっかく草薙さんと八嶋さんがデザインしてくれたかっこいいユニホームなのに。

「結局、こうか……」

石岡君が球場のスコアボードを見やった。三十一点などというボードは当然用意されていない。電光掲示板でもないので、手書きで大きく三十一点と描かれている。観客席は静まり返っている。憐れみの視線が注がれているのがわかる。

「そうだよな。そりゃあ、そうだよな」

つぶやくと、肩を落としていたみんながさらにうなだれた。

できることなら土下座でもしてギブアップしたい。これ以上恥をさらしたくない。やっぱりぼくらは世の中を甘く見ていたんだ。なにもしないで全国大会。楽な思いをした分、痛い目にあわされているってわけだ。

もしもいまぼくが腹痛のふりをしたら、どうなるだろう。ひとりメンバーを欠いたうちのチームは試合続行不可能となり、負けを宣告されることになるんじゃないだろうか。これ以上恥をさらすより、そのほうがいいんじゃないだろうか。

そんな悲しくて卑怯なアイデアを、本気で実行しようかと考え始めたそのときだった。野口の声が球場に響いた。

「顔を上げろ、おまえら！」

キャッチャーマスクを外した野口が立ち上がっていた。

「顔を上げろって言われたって……」と田中君がつぶやく。

「この状況をなんとかできるっていうのかよ」

松本君は恨めしそうに野口を見た。

ぼくも彼らと気持ちはいっしょだった。世の中どうにもできないことがある。足掻いたってなにしたって無理なことがある。ぼくらはいままさにそんな場面の真っ只中にいる。三十一対〇。みじめで顔を上げることさえできない。相手の山形城南高校の彼らだって、もはや帰りたそうにしている。

力のこもらない逆ギレのようなものを感じて野口を見た。だがあいつはこれほど場違いなものはないという爽やかな笑みを浮かべた。両手を勢いよく空に突き上げると、元気よく言い放った。

「おまえら、次の回、逆転するけんな!」

しんとなった。耳を疑った。この点差を逆転しようだなんて常人の考えつくことじゃない。頭がおかしいとしか言いようがない。

しかし、不思議と笑いが込み上げてきた。呆れるだけ呆れたら、もうあとは笑いしか出てこないものなのかもしれない。

「野口のやつ、また無茶なこと言いやがって」

笑いながら毒づくと、「まったくばい」と石岡君も笑っていた。

「敵わないな、あいつには」と松本君も笑顔だ。

やけくそを通り越して、なんだか楽しくなってきた。みんなも同じなのか、楽しそうに笑っている。

「よし、逆転しよう！」

ぼくが言うと、みんなも応じた。

「逆転しよう！」

外野の三人も笑顔となっていた。

いままで野口のどこまで本気かわからない言葉に、ぼくらは乗っかってここまでやってきた。あいつに巻き込まれることで、ぼくらは仲間となって、ソフトボールの楽しさを知った。

「よっしゃ、来い！」

セカンドの定位置に就いてぼくは叫んだ。野口の無茶に最後までつき合ってやろうと覚悟を決めた。

ぼくらは必死にボールを追いかけた。捕れないような打球でも飛びついた。中西がサード頭上の打球にジャンプする。その数センチ上をボールが飛んでいく。

「惜しい、惜しいぞ！」

地面に倒れるように着地した中西を激励する。

山本が動かない足を必死に動かしてフライを追う。ダイビングキャッチを試みるが、それよりも先にボールが落ちる。

「あとちょっとだぞ、山本！」

田中君も大内君もロドリゲス君も懸命にボールを追った。みんな目の色が変わっている。闘志に満ちた顔つきをしている。

弾丸ライナーがぼくへと飛んできた。グローブを差し出したが打球が速く、鳩尾にボールが突き刺さる。息が詰まって前屈みに倒れたが、ボールを拾って一塁に投げた。残念ながらセーフとなる。

「くそ！」

「ナイスファイトっすよ、先輩！」

中西がグローブを叩いて褒め称えてくれる。そうした言葉が立ち向かう力になる。

一塁側のファールゾーンにフライが上がった。松本君が頭上を見上げながら追っていく。ボールはフェンスぎりぎりだ、と思った瞬間フェンスに松本君がぶつかった。仰向けにひっくり返る。

「松本君！」

タイムがかけられて、みんなで駆け寄った。

「大丈夫、大丈夫」

松本君はそう言って立ち上がった。顔を打ったのか鼻血が出ている。ベンチにいったん戻って応急手当を受けることになった。

「本当に大丈夫だから」

鼻にティッシュを詰めたまま、松本君がグラウンドに戻ろうとする。すると、澤山先生がベンチに集まったぼくらを見渡して言った。

「おれが甲子園予選決勝に行ったときのことだよ。九回裏の最後の攻撃の時点で、おれのチームは四点差をつけられて負けていたんだ。正直、おれはもうその時点で届かないとあきらめたんだよ。おれはとうとうあそこであきらめたんだ。あそこがおれの人生の変わり目だった。だけど、おまえらはすごいよ。尊敬する」

澤山先生の目に光るものがあった。

「頑張ってこい!」と澤山先生に送り出される。ぼくらはそれぞれのポジションに散った。

石岡君だけはグラウンドに残り、肩を冷やさないようにピッチング練習を続けていた。すでに疲弊しきっていて肩で息をしている。膝もふらついていて痛々しい。サードの守備位置に戻った中西が、石岡君の背中に声をかけた。

「石岡先輩、代わりましょうか。ぼく投げますよ」

ふらつきながらピッチング練習を続けるばかりで、石岡君は振り返らない。疲労困憊《こんぱい》で中西の声が聞こえていないようだった。その石岡君が投げながら、なにかつぶやいている。耳を澄ますと、それは「一、二、一、二」と聞こえた。

サードの中西にも聞こえたようだった。ふたりで顔を見合せる。石岡君はかつて中西に叩き込まれたソフトボール特有の「一、二」のリズムを必死に口ずさんでいたのだ。きっと教えてもらったピッチングに忠実であるために。そして、この苦境を乗り越えるための信じるべき大切な言葉として。

中西の顔が引き締まったのがわかった。石岡君を見る目には尊敬の念が浮かんでいた。

試合が再開し、その中西の頭上を越えていこうとする打球が飛んだ。山なりの打球だが、レフト前に落ちてヒットになりそうな当たりだった。中西は体を反転させてレフト方向にダッシュした。顔だけちらりとこちらに向け、落下点にダイブする。難しい打球だったが、中西のグローブはしっかりとボールをキャッチした。すばらしいプレーだ。

「ナイスキャッチ！」

ぼくはあらんかぎりの声で叫んだ。

「ワンアウトぞ！」

野口が喜びの雄叫びを上げる。中西はピッチャーの石岡君に返球しつつ言う。

「先輩、こいからですよ、こいから」

石岡君が強くうなずく。目は闘争心でめらめらと燃えている。狼の目をしていた。彼はいま学校の中だけで空威張りする狼じゃない。学校以外でも闘っていける強い狼になったんだと思った。

次のバッターの打球は痛烈なライナーとなって、ショートの田中君を襲った。田中君が頭を抱えてよけるのを思い描く。が、彼は逃げなかった。その太った腹にボールを受けて倒れたが、必死にボールをつかんでいた。仰向けのままボールを天に掲げる。

「アウト！」

これでツーアウトとなった。

レフトへフライが飛んでいく。レフトフェンス直撃となりそうな大きな当たりだ。ロドリゲス君が低い叫び声を上げながら打球を追った。フェンスと激突した。しかし、ボールはしっかりと捕っていた。スリーアウトだ。やっとチェンジだ。ロドリゲス君は立ち上がると、捕球できて大興奮しているらしく、叫びながら走ってくる。

「ミナサント、オトモダチニ、ナリタイデース！」

みんな苦笑してロドリゲス君の肩や背中を叩いて迎える。ぼくはロドリゲス君とハイタッチを交わして言ってやった。

「ロドリゲス君は友達だよ。おれたち全員のね」

五回表の攻撃となった。円陣を組むと野口が元気よく吼えた。

「いいか、おまえら。逆転すんぞ！」

ぼくらはみんな笑顔で「おう！」と応える。

「当然、逆転ばい」といちばん疲れているはずの石岡君が気勢を上げる。

「絶対に勝つ！」と松本君がいきり立つ。

「勝利を草薙さんに捧げる！」と大内君がどさくさに紛れて叫んだが、「おまえ、なんば言うとるとか」とみんなから笑顔で突っ込みをもらった。いい仲間だと思った。こんな苦しい状況なのに、ふざけ合える仲間なんてそうはいない。

最初のバッターである野口がバッターボックスに向かった。その三球目だ。野口はうまく引きつけてボールをセンター方向へ弾き返した。クリーンヒットにぼくらベンチはお祭り騒ぎとなった。

「やった！」

「初ヒットばい！」

ぼくは隣にいた八嶋さんと手を取り合って喜んだ。しかし、彼女は、はっと我に返ったのか乱暴にぼくの手を振りほどいた。夏合宿の日、最低とつぶやかれたことを思い出す。ぼくがみんなを裏切ってソフトボール部を辞めたことは、まだ許してくれていないのかもしれない。

続いて四番のロドリゲス君がバッターボックスに入った。この打席、彼は初めてバットを振った。当たれば場外ホームランとなるようなものすごいスイングだった。だが残念なことにボールに当たらない。あえなく三振となった。

五番の中西は初球を見事にとらえた。三遊間を抜けるヒット、と思ったのだがショートが飛びついてアウトとなった。一塁から飛び出していた野口が必死に戻って、からくもセーフとなる。

ツーアウト、一塁。バッターはぼくだ。ネクストバッターズサークルから、バッターボックスへと向かう。心を落ち着かせるために、ぐるりと周りを見渡す。うちらのベンチの横の内野席に、見知らぬお客さんが数人にいた。みんな熱くなって声援を送ってくれていた。

「まずは一点だぞ、一点！」

こんなふうに見ず知らずの人に応援されたことは初めてだ。頑張っていれば、誰かが応援してくれる。ソフトボールをやって本当によかったと思った。

右打席に入り、呼吸を整える。最後のバッターになるのだけはいやだ。緊張が体を強張らせる。バットを強く握って相手のピッチャーと向き合う。

初球、外角のストレートが来た。思いきりバットを振る。ボールをとらえたが、振り遅れたらしく一塁線のさらに外を行くファールとなる。

今日初めてボールをとらえた。ぼくでも当てられた。ぞくぞくした気持ちが湧いてくる。空の青がよりいっそう濃くなったように感じた。

二球目はもっと速くバットを振ったが、相手ピッチャーはカーブを投げてきていた。タイミングが合わずに空振りする。ぼくは回転して地面にひっくり返った。

「タイム」と野口が要請して、一塁からぼくのもとへと走ってきた。

「なんだよ」

立ち上がって尋ねる。なにかアドバイスをくれるのかと思ったら、野口はのんきな口調で切り出した。

「あのさ、おれ、おまえんちの店ば継いでやろうか。幸楽園をさ」

「は？」

こんな大切な場面でいったいなにを言っているのだろう。眉をひそめると、野口は続けた。

「そしたらおまえがフランスに行っても、おまえの母ちゃん、ひとりにせんですむけん」

言葉に詰まった。どうしてぼくが悩んでいたことを知っているのだろう。誰にも話していない悩みだ。ということは野口は自分でぼくの悩みを見抜いたということか。

「なあ、鬼塚。フランスば行け。ジャン・ピエールのところに行って、世界ば目指せ」

野口が真剣な表情で言う。

「ちょっと待てよ。いま言うことじゃないだろう。それにもうジャン・ピエールとのつながりは切れちゃったんだから」

「そがんことどうにでもなるばい。やってみらんとわからん。そうやろ、鬼塚？」

ぼくらはじっと見つめ合った。お互い、にやりと笑う。

「そうだな。やってみらんとわからんな」

ふたりで相手ピッチャーを見る。

「まずはヒーローばなってこい、鬼塚！」

野口に背中を叩かれて、バッターボックスへ向かう。野口は一塁へ戻った。

ソフトボールに野球のようなランナーのリードはない。それは塁と塁のあいだの距離が短いためだ。その代わり、野球のような長打ではなくても、一塁からホームまで生還できる。つまり、ぼくがクリーンヒットを放てば、野口は一塁からいっきにホームまで帰ってこられる。

バッターボックスに入り、再びピッチャーと向かい合う。すでにツーストライク。絶体絶命のピンチだ。

ベンチからのみんなの声援が聞こえる。野口が一塁ベース上から叫んだ。

「鬼塚、打て！　たかが三十一点差ばい！」

また無茶なことを言っている。苦笑したら心が落ち着いた。

巻き込んでくれてありがとう。心の内で野口に告げる。あいつのおかげで本当に楽しかった。大切なことを教えてくれもした。それは強がって生きていくということ。そして、強がった分本気で頑張るということ。

「絶対に勝つばい！」という石岡君の声が聞こえる。

「逆転するぞ！」といった松本君の声もある。

みんな思い思いの無茶苦茶な強がりを叫んでいる。負け惜しみで言っているんじゃない。本気で勝とうと思っている。そして、そうしたみんなの姿はとても美しく見えた。

強がって頑張るみんなの姿は美しい。容姿がいいとか悪いとかなんて関係ない。これはいまのぼくらだけがまとえる美しさなのかもしれない。

「さあ、来い！　絶対に打つ！」

ピッチャーに向かって吼える。バットを構えてピッチャーを睨む。この一球に集中する。歓声が遠のいてぼくの耳は静けさで満たされた。心まで静かになっていく。

きれいなウィンドミルでピッチャーが第三球目を投げてきた。浮き上がってくるボールはかなりのスピードのはずだった。

しかし集中しているぼくにはスローモーションに見えた。ボールの回転が見える。ストレートの回転だ。

「一、二」

奥歯を噛み締めて、バットを振る。真芯でボールをとらえる。手応えばっちりで体に電流が走る。ボールの勢いに押し負けないように、いっきにバットを振り抜いた。

「飛んでけ！」

打球はショートの頭上を越えてレフトの左へと飛んだ。会心の一打だ。

一塁へ懸命に走る。一塁ベースをスタートした野口が二塁を回るのが見える。ボールはレフトの左を抜けてフェンスまで届いた。レフトが必死に走ってボールに向かい、野口は三塁ベースを回ってホームを目指す。

一塁にたどり着き、ホームに振り返ると、野口がホームベース目がけて頭から飛んでいた。ほぼ同じタイミングでレフトからボールが返ってきた。際どいタイミングのクロスプレーだ。

滑り込んだ野口が判定を求めてうつ伏せのまま球審を見上げる。キャッチャーはミットを掲げてアウトをアピールした。

永遠とも思える静寂のあと、球審は右手を上げて拳を握った。

「アウト！　ゲームセット！」

ぼくは一塁ベース上でがっくりと膝をついた。ぼくたちの高校生活最後の夏が終わった。

8

あの最後の夏のことは、三年が経ったいまでもありありと思い出すことができる。ぼくにとってあの夏はかけがえのない季節だった。いっしょに過ごしたみんなにとっても、大切なものになっていると思う。

田中君は高校卒業後、地元で介護福祉士になっている。やっぱりいまでも太っていて、やっぱりいまでも存在感はないらしい。けれども、そっと人に寄り添ってあげられるいい介護福祉士として評判だそうだ。

松本君はマツモト理髪店を継いだ。流行の髪型にカットしてくれると大盛況らしい。ただ、松本君の親父さんはいまだに〈アイパーできます〉の貼り紙をはがしていない。それだけは譲れないらしく、松本君といつもけんかになっているそうだ。

大内君は大学受験に三度失敗し、いまだ浪人中だ。カルチャー焼き屋に行けば、目を血走らせながら問題集に向かう彼に会える。ぼくも高校卒業後、何度かカルチャー焼き屋に行ったが、いつも彼はいた。あの店の名物みたいなものになっている。そして、カルチャー焼き屋の壁には、ロドリゲス君の写真が貼ってある。写真は一年間の留学期間を終えて帰国するときに、記念として撮ったものなのだけれど、バットを構えて写るその姿はどう見てもメジャーリーガーだった。おかげであの店にメジャーリーガーが来たという都市伝説ができてしまっているという。

山本と中西はぼくらが卒業したあともソフトボール部を続け、彼らは卒業後も用がないのにやってきて後輩をしごくいやなOBになっていると聞いた。でも、いまあのソフトボール部はかなり強くなっているらしい。今度は実力で全国大会に出られそうだ。それも澤山先生のおかげかもしれない。

澤山先生は正式にソフトボール部の監督として就任し、とても熱心に指導していると聞いた。ソフトボールの指導者の講習会などにも出かけていろいろ勉強しているようで、三年経ったいまでは九州でも名の通った監督となっている。澤山先生は澤山先生で、ソフトボール部に自分の居場所を見つけたのだ。それがぼくらと過ごした日々がきっかけだったというのなら、こんなにうれしいことはない。

石岡君は卒業後、ガソリンスタンドで真面目に働いていたのだけれど、彼の兄からどうしても逃げられず、ある日この街から姿を消した。でも、いつか帰ってくるんじゃないかとみんな信じている。

草薙さんは東京に行った。デザイナーの卵として毎日忙しく働いているらしい。この前受け取った手紙には、牛津の山や川や空気を思い出すと、懐かしくて涙が出てくると書いてあった。

三年経って、みんなまったく違う境遇で頑張っている。たった三年なのに、こうも変わるものなのかと、ときどき冷静に考えてどきっとする。時間の流れがやけに速すぎるんじゃないかと思ってしまう。そして、ぼくの境遇も三年前では考えもしなかったものとなっている。まさか二十一歳となったぼくが、こういった人生を迎えているとは。

フランスは花の都パリに建つ凱旋門は驚くほど大きい。青空にそそり立つエッフェル塔は優美だ。そして、ミシュランで三ツ星と評価されたレストラン、コートドールの厨房はまるで戦場だった。

日本のテレビ局から入社一年目のアイドル女子アナが、インタビューのためにコートドールの厨房へとやってくる。

「巨匠ジャン・ピエールに弟子入りし、たった三年の修行でジャンの片腕にまでのぼり詰めたのは、なんと二十一歳の佐賀から来た日本人シェフなのです！」

女子アナが同僚であるフランス人シェフに、マイクを向けてコメントを取る。

ひとりのシェフが熱っぽく語る。

「あいつは天才だよ。本物の天才だ」

またほかのシェフが答える。

「ああいうやつが世界を動かすんだって勉強になったね」

見上げるテレビの中で、ぼくが三年前に繰り広げていた妄想が、ほぼ完璧に再現されている。いつかジャン・ピエールのもとで働くときがきたら、日本から取材のためにテレビ局が来たりして、なんてよく妄想していたのだ。

テレビの中で、女子アナが興奮しながら厨房の奥へと進んでいく。

「あ、いました！　二十一歳の天才シェフ！　しかもなんと佐賀出身。さっそくお話を伺ってみたいと思います」

カメラが奥にいるコック帽とコックコートの後ろ姿をとらえる。ぼくはその背中を見ただけで、すぐにあいつだとわかった。

「え、呼んだと？」

テレビの中で野口が振り向いた。あいかわらずとぼけた顔をしている。巨匠ジャン・ピエールの右腕にまでなったくせに。

「あれ？　テレビに映ってるの野口君じゃない？」

開店準備でテーブルを拭いていた母が後ろからやってきて言う。いまぼくは幸楽園を継いで働いている。

「ねえ、野口君がテレビに出ているわよ」

母が店の奥に向かって呼びかける。

「え、ほんとですかー」

妻がやっと一歳になったばかりの娘を抱いて小走りにやってくる。テレビの中では野口が飄々とした態度で言う。

「いやあ、今度は料理で世界ば目指そうと思いまして」

「あいかわらずね、野口君」と妻が苦笑する。

ぼくらは結婚して二年が経つ。妻とはあの最後の夏が終わってすぐにつき合い始めた。彼女の旧姓は八嶋。そう、八嶋さんとぼくは結婚したのだ。

あの夏、試合に敗れたというのに、ぼくらは意気揚々と佐賀へと引き返してきた。なにもかも出し尽くした。実力以上の力で戦った。その爽快感に包まれて、敗れたことなど問題ではなかった。

敗戦の次の日、ぼくらは有明海へピクニックに出かけた。いっしょに戦った仲間みんなで海辺へと出かけたのだ。夜中に野口を迎えに行ったあの海辺へ。

干潮の時刻で海は遠く引いていた。どこまでも干潟が続いていて、海水が水溜りのようになっていくつも残っている。その水溜りたちに空の青が移って、干潟は水玉模様をあしらわれたかのようだった。茶色に青の水玉だ。そして、そうした光景がすべて人の手の加えられていない自然の産物だと思うと、なんともいえない感動を覚えた。

この海とも大地ともつかない干潟が続いている光景を眺めながら、自分が住んでいる土地をいとおしく思った。いいところに住んでいるじゃないか、自分。そんなふうにぼんやりと考えた。

気づくと隣に八嶋さんがいた。背の低い彼女はぐいと顎をそらしてぼくを見上げていた。表情が険しく見える。まだぼくがチームをひとり抜けようとしたことを許していないんだと思った。結局、試合でもろくに活躍できなかったわけだし。

言われる前に、ぼくは自分から言った。

「最低だったよね」

　しかし、八嶋さんは間髪を容《い》れずこう言ったのだ。

「好きです！　つき合ってください！」

　これはのちのち判明したことなのだけれど、合宿所でロドリゲス君が読んでいた女子マネージャーの日記は、八嶋さんのものだったのだ。

　日記には「あの人、最低だけど、一所懸命なところが好き。ついていきたくなっちゃう」とあった。あれはぼくに対しての思いを書いたものだったらしい。ぼくが草薙さんばかり見ていることに腹を立てて最低と思ったが、みんなの三倍練習している姿はやっぱり好きだ、といったような思いで書いたのだそうだ。

　世の中わからないものだ。自分をそっと見守ってくれている人がいるなんて。

　そして、ぼくがこの街を去ることのできない理由のひとつとして、彼女が加わったわけだ。

　高校卒業後、ぼくはいとおしいこの街で、母の望み通り父の店を継ぎ、大切な人といっしょになって暮らしていくことを選んだ。

フランス行きの夢をあきらめたことは、悔しくないと言えば嘘になる。でも、ぼくには新しい夢がある。うちの幸楽園を九州でいちばんの中華料理店にすることだ。

その道は険しい。いまはやっとこの地域でいちばんになったくらいじゃないだろうか。最近テレビで紹介されたおかげで、開店前のいまの時間でも十数人の列ができている。

次にクリアすべき目標は、佐賀でいちばんの中華料理店になること。だいそれた夢と弱気になるときがあるが、そんなときは必ずあいつの言葉がよみがえってくる。

「やってみらんとわからん」

奇《く》しくもテレビの中でマイクを向けられた野口が、同じことを言っていた。

「え、フランスに行って通用するか心配だったか？　そがんことやってみらんとわからんでしょう。だけん、とりあえずフランスば来てみたとです。地元の親友が急に行かんと言い出したけん、ならおれが行ってやるばいって」

真面目な表情で語っているが、あいつの場合は本気かどうか疑わしい。真剣な表情で話を聞く女子アナを見ていると、おかしくて笑い出しそうになる。

開店時間の十一時になった。ぼくは厨房へ入ってスタンバイする。母が行列の先頭のお客さんから店内に入れ始める。

きっと野口はこれからフランスでも、いろんな人を巻き込んで、突き進んでいくのだろう。やってみらんとわからん、と言いながら。

ぼくはこの街にいる。あいつはフランスにいる。遠く離れているけれど、生きていく姿勢はいっしょだ。いっしょにすごしたあの最後の夏の日のまま。強がって生きていく。その姿は美しい。

「いらっしゃいませ!」

あの夏グラウンドで出していた声に負けないくらいの威勢のいい声で、お客さんを迎えた。

ソフトボーイ

関口　尚

2010年4月5日　第1刷発行

発行者　坂井宏先
原案　「ソフトボーイ」制作委員会
協力／株式会社アミューズ・東映株式会社
発行所　株式会社ポプラ社
〒一六〇-八五六五　東京都新宿区大京町二二-一
電　話　〇三-三三五七-二二一二（営業）
　　　　〇三-三三五七-二三〇五（編集）
　　　　〇一二〇-六六六-五五三（お客様相談室）
ファックス　〇三-三三五九-二三五九（ご注文）
ホームページ　http://www.poplar.co.jp/ippan/bunko/
振　替　〇〇一四〇-三-一四九二七一
フォーマットデザイン　緒方修一
印刷・製本　凸版印刷株式会社

N.D.C.913/223p/15cm
ISBN978-4-591-11752-1